노인이 되지 않는 법

옮긴이 김욱

일본어 전문 번역가로 언론계 최일선에서 오랫동안 활동했다.
지은 책으로는 《취미로 직업을 삼다》《나를 단단하게 만드는 니체의 말》《삶의
끝에 오니 보이는 것들》이 있고, 옮긴 책으로는 《약간의 거리를 둔다》《간소한
삶, 아름다운 나이듦》《무인도에 살 수도 없고》《개를 키우는 이야기》《갈매기
산화》《지적 생활의 즐거움》 등이 있다.

노인이 되지 않는 법

1판 1쇄 발행 2021년 2월 1일
1판 2쇄 발행 2021년 2월 3일

지은이 소노 아야코
옮긴이 김욱
펴낸이 김현정
펴낸곳 도서출판리수

등록 제4-389호(2000년 1월 13일)
주소 서울시 성동구 행당로 76 110호
전화 2299-3703
팩스 2282-3152
홈페이지 www. risu. co. kr
이메일 risubook@hanmail. net

ⓒ 2021, 도서출판리수
ISBN 979-11-86274-79-8 03830

OI NO SAIKAKU
copyright ⓒ 2010 by Ayako SONO
First published in Japan in 2010 by Bestsellers Co., Ltd.
Korean translation rights arranged with Ayako SONO
through Japan Foreign-Rights Centre/Shinwon Agency Co.

소노 아야코 컬렉션 03

노인이 되지 않는 법

소노 아야코 지음
김욱 옮김

리수

차례

1. 자립

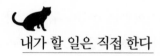

내가 할 일은 직접 한다

　어떤 노인이 되고 싶은가. 인생의 후반부에 접어들 무렵부터 기회가 있을 때마다 생각했습니다. 그리고 늙음을 새롭게 인식하는 글을 써야겠다고 마음먹었습니다. 그런 생각들을 정리해서 《나는 이렇게 나이 들고 싶다─계로록(戒老錄)》이라는 책을 출판했고, 벌써 40여 년의 세월이 흘렀습니다. 그때나 지금이나 "노인이든 젊은이이든 원칙은 어디까지나 자립이다."라는 신념에는 변함이 없습니다.

　나이를 먹음에 따라 자립은 더욱 중차대한 가치로 다가오고 있습니다. 자립이란 타인에게 의존하지 않고 살아가는 것이며, 자신의 지혜로 생을 꾸려간다는 의미입니다. 내 힘으로 살고자 하는 열망입니다.

　많은 사람들은 감기에 걸려 열이 오르면 친구들의 위로를 받고, 가족 중 누군가가 죽을 쑤어 먹여줍니다. 친절한 누군가에게 둘러싸여 살아가는 것입니다. 하지만 생활을 영위하는 주체는 어디까지나 자기 자신입니다. 이것을 한시도 잊어서는 안 됩니다.

사자나 기린 같은 동물은 모두 스스로 먹이를 구해 살아갑니다. 인간도 그것이 기본입니다. 스스로 음식을 사러 가든, 친구에게 처량 맞은 목소리로 전화를 걸어 반찬을 보내달라고 부탁하든 어떤 방법을 써도 좋습니다. 자기 손으로 생활을 꾸려나가야 한다는 의무에서 벗어날 수가 없습니다.

얼마 전에 아는 분으로부터 멋진 이야기를 들었습니다. 넘어져서 병원에 입원했던 80대 할머니가 퇴원했다는 소식을 듣고 찾아갔는데 그분이 거실까지 기다시피 하여 스스로 나왔다고 합니다. 그러고는 혼자 살면서 나처럼 넘어져서 여러 사람에게 폐를 끼치지 말라고 신신당부를 하더랍니다. 배우고 싶은 노인의 지혜라고 생각합니다. 남들이 어떻게 보는지는 문제가 안 됩니다. 중요한 건 '내가 어떤 식으로 살아갈 것인가' 입니다.

나이가 들어서도 강하게 살아나가야 합니다. 이를 꽉 물고서라도 내가 해야 할 일은 직접 합니다. 젊은 사람들로부터의 학대도 아니고, 늙어서 처참한 꼴을 겪는 것도 아닙니다. 사람이라면 누구에게나 주어진 공통의 운명일 뿐입니다.

그때그때 할 수 있는 일을 하면 된다

자립의 능력을 갖추기란 쉽지 않은 일입니다. 골절 수술 후 목발을 짚고 다니던 무렵, 길가에 서서 지나가는 사람들을 구경한 적이 있는데, 거리의 모든 사람이 무거운 짐을 들고 10킬로미터쯤은 아무렇지 않게 걷거나, 달리거나, 점프하거나, 계단을 오르내릴 수 있을 것 같다는 생각이 들었습니다. 그에 비하면 나는 할 수 있는 게 아무것도 없었습니다. 나보다 나이가 더 많은 사람도 하는 일을 나만 못하게 된 것 같았습니다.

내 안의 열등감을 확인하자 기분이 상쾌해졌습니다. 나는 이런 사람이구나, 이게 바로 나구나, 라고 진실을 알게 된 것 같아 오히려 안심이 됐습니다. 나 자신을 분명하게 자각할 수 있게 된 것은 귀중한 선물이었고, 나의 만년은 나라는 인간의 본연에 더욱 가까워지게 되리라 생각합니다.

사람은 그때그때의 운명을 받아들이며 살아갈 수밖에 없습니다. 운명이라는 틀 안에서 내가 할 수 있는 일이 무엇인지를 고민하는 길밖에 없습니다. 예전과 달리 이제는 할 수 없다는 현실에 안주하면 시간은 더욱 고통스러워질 뿐입니다. 그때그때 상황에 맞게 나를 파악하고 판단해야 합니다.

한때 발이 아파서 양말을 신는 것조차 힘겨웠던 시절이 있습니다. 그래도 다른 사람에게 부탁한 적은 한 번도 없습니다. 아픔을 견디는 것도 인생이므로 견딜 수 있을 때까지 견뎌보면서 참아내자고 스스로를 달랬습니다. 심할 때는 옷을 갈아입는 것도 힘들어서 몸차림을 하는 데 시간이 무척 많이 걸렸습니다. 그래도 내가 비참하다고는 생각하지 않았습니다.

어느 누구도 그런 나를 향해 "서둘러."라고 말하지 않았습니다. 그저 기다려주었습니다. 그 순간 애정이란 손을 내밀기보다는 곁에서 지켜봐주는 것임을 깨달았습니다. 누가 대신해주더라도 별로 행복하지는 않습니다. 이 세상에 자립이라는 긍지만큼 나를 행복하게 만들어주는 힘은 없기 때문입니다.

옛날부터 강연이든 취재 여행이든 모두 혼자 다녔는데 목발을 짚게 된 후에도 어깨에 핸드백을 걸치고 나 혼자 돌아다녔습니다. 미국도 혼자 다녀왔습니다.

그것이 꽤 재미있었습니다. 로스앤젤레스 공항에는 휠체어가 끝도 없이 세워져 있었습니다. 대체 몇 대나 될까, 하고 구경하고 있는데 휠체어를 관리하는 직원 눈에는 내가 타고 싶어 하는 것처럼 보였나 봅니다. "타시죠." 하고 말을 걸어 왔습니다. 나는 걸을 수 있는 동안에는 내 발로 걷고 싶었습니다. 남들이 5분 걸린다면 나는 15분이 걸리면 되는 것입니다. 휠체어에 타는 게 편하다, 타고 싶다, 라고 원하게 되는 순간 모든 게 끝장이라고 생각했습니다. 그래서 정중히 거절했습니다.

"고마워요. 하지만 운동이 되니까 걸을래요."

"게이트 넘버는 알고 계세요?"

"101번이에요."

"꽤 멀군요. 타고 가시는 게 좋겠어요."

"괜찮아요. 천천히 걸어갈게요."

이렇게 사양한 배경에는 평지에서 운행 중인 에스컬레이터를 믿었기 때문입니다. 그런데 대부분 구간이 고장 나서 움직이지 않습니다. 직원 말대로 게이트까지 정말 멀었습니다. 좋은 교훈이었고 신선한 경험이었습니다. 미국은 생활 전반이 기계화된 나라라고 일컬어지는데 정작 그 기계가 고장 나도 금방 고치지는 않는구나, 하고 알게 되었습니다.

목적지까지 가서도 문제가 생겼습니다. 로스앤젤레스에서 다시 샌프란시스코로 이동했을 때 이번에는 짐이 도착하지 않은 것입니다. 내 여행 가방이 홀로 영국으로 가버렸다는 얘기였습니다. 가뜩이나 영어에 자신이 없었는데 상담 직원은 사투리가 매우 심했습니다. 항공사 직원과 실컷 다툰 끝에 귀국 전날 간신히 여행 가방을 되찾았습니다.

가방을 되찾기까지 우여곡절도 많았습니다. 유실물 센터가 인도에 있었습니다. 인도인의 영어 발음에 여간 애를 먹은 게 아닙니다.

이런 게 바로 여행이었고, 이것이 바로 인생이었습니다. 인생은 투쟁입니다. 싸움을 포기하고 "표 좀 사다줘요." "몇 시에 어디에 도착하는 거지?" "도시락은 어떻게 할 거야?"라고 남에게 사정하는 것은 살아 있지 않다는 증거라고 생각합니다.

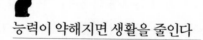

능력이 약해지면 생활을 줄인다

나이 들어 기운도, 머리도 약해지면 기본적인 생활을 조금씩 줄여나가는 계획을 세워야 합니다.

나를 예로 들자면 지금까지는 할인 마트에서 대량으로 식료품을 구입해 꽁치절임 등을 잔뜩 만들어놓곤 했는데 그만한 체력이 사라지면 깨끗이 포기할 작정입니다.

애완동물도 기르지 않을 것입니다. 예전에 '버터'라는 이름의 못생긴 잡종 고양이를 키웠는데, 22년을 같이 살았습니다. 또다시 고양이를 키웠다간 내가 22년을 버티지 못하고 먼저 죽을 게 뻔하므로 무책임하게 키울 수는 없습니다. 앞으로 더 나이를 먹게 된다면 매일 먹이를 주는 것도 귀찮아질 것입니다.

짐도 기운이 약해지면 함부로 들려고 하지 않습니다.

지금까지 몇 번인가 단체로 해외여행을 다녀왔는데 고령자라도 사람마다 각기 특색이 있었습니다. 자기가 마실 물까지 남에게 들어달라는 사람이 있는가 하면 누군가가 "들어줄까요?"라고 말해주겠거니 하고 물건을 마구 사는 사람도 있습니다.

　반면에 어떤 여성은 지금의 나처럼 다리가 아파서 무거운 짐을 들지 못한다면서 작은 가방 하나를 어깨에 메고 그 안에 선물로 산 스카프 한 장과 넥타이 하나를 집어넣었습니다. '분수'를 알고 물질과 사귀는 현명한 분이라는 생각이 들었습니다. 그런 분 앞에서 "다음에는 다이아몬드를 선물하세요. 가볍고 부피도 크지 않으니까요." 하고 말한 나였지만 말입니다.

타인의 친절을 기대하지 말고 대가를 지불한다

혼자 사는 사람일수록 애정을 표현할 대상이 가까이에 있어야 합니다. 그래서 화단을 가꾸거나 개를 기르는 노인이 많은 것입니다. 자기 힘만으로는 화단이나 개를 관리하지 못하게 되었을 때는 그만두거나 비용을 지불할 각오를 해야 합니다. 자신의 힘으로 어떤 일을 하지 못하게 되었을 때 다른 사람의 친절을 기대하기보다는 비용을 지불하는 편이 낫습니다.

이웃에 사는 누군가가 대신 개를 산책시켜주겠다고 나설지도 모릅니다. 이런 식으로 타인의 친절에 기대다보면 의존심이 점점 커집니다. 상대방이 기분 나빠하지 않도록 배려하면서 아주 적은 액수라도 일당이나 시간급을 지불해야 합니다. 공짜로 다른 사람에게 내가 해야 할 일을 부탁해서는 안 됩니다.

타인에게서 뭔가를 얻고 싶다면 그에 따른 대가를 지불해야 합니다. 노인들도 이 같은 원칙을 잊어서는 안 됩니다.

도쿄에서는 수입이 없는 70세 이상 노인들에게 버스의 연간승차권을 1000엔에 판매하고 있습니다. 미술관이나 영화관 등의 입장료를 할인해주는 것이면 몰라도 1년에 1000엔만 내면 버스를 마음대로 실컷 탈 수 있다는 것은 지나친 베풂이라고 생각합니다.

70세 이상 노인 수를 계산해서 버스 운행에 들어가는 비용, 즉 연료비와 보험료 등을 고려한 적정 요금을 징수하는 것이 바람직하다고 봅니다. 정부는 고령자의 적극적인 사회 참여를 지원하기 위해 이런 제도를 만들었다고 하지만 "공짜나 다름없어서 심심풀이로 버스를 탄다."고 말하는 노인도 상당수입니다. 생활 전선에서 활동하는 노인들에겐 매우 유용한 제도임에 틀림없지만 사회가 제공해주는 것은 일단 받고 보자는 못된 근성에 악용될 때가 많다는 것도 생각해볼 문제입니다. 특히 버스 요금을 지불할 능력이 있는 노인들은 나이에 상관없이 스스로의 존엄을 지키기 위해서라도 일반인과 똑같은 요금을 내야 한다고 생각합니다.

남편인 미우라 슈몽도 버젓한 후기 고령자입니다. 그러나 영화관 할인도 거부하고 있습니다. 대가를 지불하는 것이 '노년층'의 사회적 의무라고 생각하기 때문입니다. 나도 주머니 사정이 허락하는 한 몇 살이 되든 사회가 요구하는 비용은 정확히 지불할 작정입니다. 자립의 마음가짐이 정신의 젊음을 유지해주는 중요한 요소라고 생각합니다. 따라서 그 누구를 위해서도 아닌 나 자신을 위한 태도라고 하겠습니다.

고령자에게 주어진 권리는 포기하는 편이 낫다

　노인들이 좀 더 사양할 줄 알아야 한다는 생각이 듭니다. 텔레비전 프로그램에서 난치병 권위자로 불리는 명의가 자주 소개되는데, 시간과 사람의 능력에는 한계가 있으므로 한 달에 수십 명밖에 수술할 여력이 없습니다. 그렇다면 젊은 사람부터 수술대에 오르는 것이 마땅합니다. 치료에 필요한 백신이 한정되어 있다면 고령자로서 먼저 수혜 받을 권리를 포기하는 것이 도리라고 생각합니다.

　국가 제도나 의료 수혜에서 만인은 평등합니다. 따라서 고령자 스스로 자신의 권리를 양보해야 합니다. 국가가 고령자를 버리는 것이 아니고, 젊은이가 권리를 양도하라고 요구하는 것도 아닌, 고령자가 자신의 의지로 또는 미학으로서 양보하는 것입니다.

과거에는 고령자의 양보가 당연한 미덕으로서 실천되어왔습니다. 누구도 입 밖으로 말하지 않았지만 다들 그렇게 해야 한다고 믿었습니다. 이는 나이가 들면 자연스레 갖춰야 할 현명함으로 사회에서 노인이 존경을 받는 이유이기도 했습니다.

　　60세 생일을 맞아 친구들과 환갑 기념으로 한국을 여행했습니다. 부산에서의 첫 식사 메뉴는 불고기였습니다. 가이드는 "이 식당은 얼마든지 먹어도 값은 똑같으니까 많이 주문하세요."하고 친절을 베풀었지만 친구 중 한 명이 "첫날이니까 과식하는 건 안 좋을 것 같아요. 이것만 먹고 그만 시키죠." 하고 말했습니다.

　　그래서 다들 적당히 사양하고 조금 모자란 듯했지만 덕분에 접시를 깨끗하게 비웠습니다. 그 모습을 보고 문득 "나이가 들더니 이제야 좀 사람다워졌네."하고 감동했던 기억이 납니다.

정신의 멋도 옷차림만큼이나 중요하다

　나이가 몇 살이든 옷차림에 신경 쓰는 것이 마땅합니다. 그리고 옷차림보다 더 중요한 것이 '정신의 멋'입니다. 남성에 한해 말한다면 영어의 '갤런트리(gallantry)' 정신이 필요하다고 생각합니다. 중세의 기사도 정신과 이어지는 여성에 대한 친절, 예의 바른 행동, 용기를 뜻합니다.

　언젠가 남프랑스를 여행하고 여덟 시간 정도 기차를 이용해 파리로 돌아온 적이 있습니다. 같은 객실에 젊은이 한 명이 먼저 타고 있었습니다. 나를 본 젊은이는 벌떡 일어나 짐을 선반 위에 올려드릴까요, 하고 물어보았습니다. 나는 프랑스어를 거의 못했지만 이를 계기로 청년과 이런저런 대화를 나눴습니다. 그는 21세의 해병대원으로 군함에서 취사병으로 복무하고 있었는데, 제대 후에는 전에 일하던 레스토랑에서 다시 일하고 싶답니다.

오늘은 어디에 다녀오는 길이죠? 하고 묻자 스페인 국경에 낙하산 부대원인 형이 살고 있는데 얼마 전에 아이가 태어났어요, 휴가를 맞아 조카 얼굴을 보고 왔어요, 라면서 조카 사진을 보여주었습니다. 아침 식사용으로 가져온 프랑스빵이 너무 커서, 반 줄까요? 하고 권했지만 아침은 이미 먹었다면서 예의 바르게 사양합니다.

21세의 청년이 나 같은 할머니와 끝까지 말상대를 해주었습니다. 나의 프랑스어가 서툴다는 것을 알고 이쪽이 알아들을 수 있도록 천천히 말합니다. 그리고 내가 내릴 때 또 짐을 들어주었습니다. 프랑스에서는 사람을 대하는 기본적인 매너를 어렸을 때부터 부모가 자식에게 가르쳐주고 있습니다.

우리도 옛날에는 아이들에게 사람을 대하는 도리를 가르쳤습니다. 내 남편은 여든이 넘었지만 지금도 길가에서 쇼핑백에, 유모차에, 아이까지 안고 있는 엄마를 보면 잽싸게 달려가서 짐을 들어줍니다. 기차에서도 무거워 보이는 짐을 들고 있는 여성과 마주치면 "짐을 선반에 올려드릴까요?" 하고 물어봅니다.

남편 같은 사람을 요즘에는 쉽게 볼 수 없어 슬픕니다. 여성을 도와주기는커녕 지긋하게 나이를 먹은 남자들까지 전철에 타자마자 자기가 먼저 앉으려고 합니다.

요즘의 나이 든 남자들은 성당에서도 모자를 벗지 않습니다. 레스토랑에서도 모자를 쓴 채 밥을 먹는 사람이 적지 않습니다. 수프를 소리 내어 마시고, 샐러드 접시를 손에 든 채

먹고, 빵을 칼로 썰지 않고 이로 뜯어 먹습니다. 옆 사람들을 배려해서 분위기에 알맞은 화제로 조용히 대화를 이끌어나가는 의무를 포기하고 밥만 먹는가 하면 시끄럽게 떠들어대는 여자도 많습니다.

내가 알고 있는 에티켓의 대부분은 학교에서 배웠습니다. 역이나 복도에서 뛰지 말고, 큰소리로 말하지 말라고 배웠습니다.

부모가 모범을 보이지 못하고, 교사가 모범을 보이지 못하고, 이 사회에 모범이 되어줄 노인이 없어서 젊은이들의 사회성도 늘 제자리입니다.

자립을 가능케 하려면 생활 방식이 달라져야 한다

　나이가 듦에 따라 자립의 중요성을 느낀다고 말했는데 일반적으로는 경제적, 육체적인 자립을 의미합니다. 이 같은 자립을 가능케 하는 바탕은 자율 정신입니다.

　노년은 중년, 장년 때와는 생활 방식이 달라져야 한다…. 이를 인식하는 데서 자율이 시작됩니다.

　나이를 먹다보면 자기 과잉 보호형과 자기 과신형, 둘 중 하나를 선택하기 쉬워집니다. 바꿔 말하면 나는 위로받아 당연하다, 나는 아직 할 수 있다, 라고 생각하는 것입니다. 후자의 예로서 "내 몸매는 30대와 별반 달라지지 않았다."라고 자만하는 노인들이 있습니다. 젊음을 유지하고 싶다는 의욕은 칭찬할 만합니다. 하지만 30대와 몸매 차이가 없다고 해서 몸속까지 똑같을 수는 없습니다. 노화를 받아들이고 나이에 걸

맞은 건강을 지향하는 편이 자연스럽지 않을까요.

장년, 중년일 때는 눈도 잘 보이고, 귀도 잘 들리고, 면역력도 정상적으로 활동하지만 나이가 든 지금에는 예전과 다릅니다. 이를 인정하고 몸에 무리가 가지 않는 선에서 새로운 생활 방식을 창출해야 합니다. 그것이 만년을 살아가는 지혜라고 생각합니다.

건강을 지키려면 자기만의 생활 패턴을 지킨다

지금의 내가 건강을 유지하는 두 가지 열쇠는 과식을 멀리하는 것과 밤에 외출해서 놀러 다니지 않는 것입니다. 내 경험상 여행 중일수록 절제가 중요합니다. 가끔은 과식으로 후회할 때가 있지만 밤에 외출해서 늦게까지 사람들과 어울리는 것만은 반드시 피하고 있습니다.

여럿이 함께 여행 갔을 때 저녁 식사가 끝나자마자 술판이 벌어져도 나는 일찌감치 내 방으로 사라집니다. "어울릴 줄을 모르는군." "저 양반도 이제 나이가 들어서…."라는 말을 듣거나 말거나 나만의 페이스를 유지하려고 노력합니다. 아프리카에서 말라리아를 피하는 방법은 과로에서 멀어지는 것뿐입니다. 좀처럼 쉽지 않은 여행이므로 저녁에 동료들과 술 한잔 나누고 싶은 심정은 이해하지만 체력은 저마다 차이가 있습니다. 자기 건강은 자기가 알아서 지키는 수밖에 없습니다.

먹는 양, 수면 시간, 평소 앓고 있는 질환 등을 스스로 관리해야 합니다. 다른 사람을 귀찮게 하고 싶지 않다면 자신에게 적합한 생활 패턴을 만들어 실천하는 것이 최선의 방법입니다.

자립할 욕심이 없다면 자율이라는 개념도 태어나지 않습니다. 그러나 내 일은 내가 할 수 있다는 행복을 맛본 사람이라면 아무리 나이가 들어도 그 나이에 어울리는 자신만의 생활 패턴을 찾아내 이를 실천하려고 노력할 것입니다. 그것이 젊음을 유지하는 방법임을 알고 있기 때문입니다.

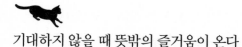

기대하지 않을 때 뜻밖의 즐거움이 온다

나는 성악설로 세상을 판단해왔습니다.

가톨릭 학교를 나왔기 때문에 이 세상에 완벽한 사람은 없다는 것을 비교적 어린 나이에 알게 되었습니다. 기독교는 성악설을 지지합니다. 인간을 그냥 놔두면 존엄을 잃어버리는 것은 한 순간이다, 하지만 신앙에 의해, 또는 그의 영혼에 포함된 덕성에 의해 인간을 초월하는 위대한 존재가 될 수도 있다, 라고 배워온 것입니다.

많은 사람이 인간은 본래 착하다, 라는 성선설을 좋아하지만 나처럼 성악설로 세상을 보고 사람을 사귄다면 감동받을 일이 아주 많습니다. 인간은 모두 거짓말쟁이라고 생각했는데 작은 것이라도 진실을 이야기해주는 사람과 만나면 구원받는 기분이 듭니다. 인간을 거짓말쟁이로 치부하는 나의 비루함이 괴롭긴 해도 그 괴로움보다 더 큰 기쁨이 있습니다.

반대로 세상에는 좋은 사람들뿐이며, 사회는 평화롭고 안전하고 올바르다고 굳게 믿었을 때는 어떻게 될까요. 한마디로 감사를 잊게 됩니다. 그리고 자신의 생각과 다른 사람이 존재할 수도 있다는 상황을 받아들이지 못하게 됩니다.

나는 1987년부터 '해외일본인선교사 활동원조후원회'(통칭 JOMAS)라는 NGO에서 일하고 있습니다. 말 그대로 외국에서 활동하는 일본인 신부님과 수녀님을 경제적으로 지원하는 것인데, 인간은 모두가 도둑이다, 라는 가치관을 신조로 출발했습니다.

어떤 나라를 막론하고 대통령도, 장관도, 시장도, 군수도, 이장도, 의사도, 가톨릭 주교도, 복지 위원도, 교사도, 군인도, 경찰도, 가난한 사람들끼리도 도둑질을 합니다. 돈을 모금해 일본인 선교사에게 지원하는 것만으로는 안심할 수가 없었습니다. 즉 우리는 수녀님들마저도 믿지 않았던 것입니다. 지원금이 목적대로 사용되는지를 확인하기 위해 남미, 인도, 아프리카의 오지까지 날아갔습니다.

그동안 JOMAS의 모금액과 사용액이 얼마나 되는지를 한번 조사해보았습니다. 2007년 말을 기준으로 35년 간 무려 14억 7431만 8000엔을 모금했습니다. 다행히도 모금액의 99.9퍼센트가 정확히 사용되었습니다. 우리가 처음부터 사람을 믿지 않았기에 가능한 성과입니다. 일본인 선교사는 물론이고 극소수 외국인 신부와 수녀를 대상으로도 돈의 사용처를 엄격하게 감독한 결과였습니다.

내가 보이스피싱에 걸릴 일은 없을 거라고 확신합니다. 남편은 심심하다면서 만반의 준비를 갖추고 누군가의 전화를 기다리고 있는데 아무래도 지난번에 걸려온 전화가 재미있었던 모양입니다. 언젠가 우리 아들을 사칭한 사기 전화가 걸려왔습니다. 남편은 아들과 손자의 이름을 대며 "어느 쪽이야?" 하고 물었고 사기꾼은 남편이 가르쳐준 손자의 이름을 말했습니다. 남편이 "지금 어디니?"라고 묻자 그는 "회사야."라고 천연덕스레 대답했고 남편은 이에 질세라 "너 언제 취직했냐?" 하고 반문했습니다. 다음에 또 전화가 오면 어떻게 놀려댈 것인지 혼자 궁리하고 있는 것 같습니다.

요즘 같은 세상에도 보이스피싱에 속아 넘어가는 노인이 많은데 사람을 믿어서는 안 된다, 죽을 때까지 긴장을 늦춰서는 안 된다, 라는 자기 관리가 절대적으로 필요하다고 하겠습니다.

나는 국가도 믿지 않을 작정입니다. 솔직히 말해서 연금 제도 등은 철폐했으면 좋겠습니다. 각자 자기 사정에 맞춰 노후를 대비하는 편이 효과적이라고 봅니다. 그 대신 보험료도 내고 싶지 않습니다. 국민들 스스로 늙음을 책임져야 한다고 생각하기 때문입니다. 극단적인 논리 같지만 사회보험청이 저지른 무책임한 실수들을 보고 있노라면 그들에게 내 돈을 맡길 엄두가 나지 않습니다.

그렇다고 이 나라가 믿을 만한 국가가 아니라는 뜻은 아닙니다. 일본은 정부를 믿을 수 있는 몇 안 되는 국가 중 하나입니다. 세계 제일의 장수 국가라는 것도 우리가 행복한 나라에 태어났다는 객관적인 사실입니다.

　그러나 국가가 하지 못하는 일도 있습니다. 젊은이의 인구
가 줄고 있는 마당에 수입이 없는 노인은 자꾸 증가합니다.
세수가 줄어드는 상황은 국가도 답이 없습니다. 없는 소매는
흔들 수가 없는 것입니다.

2. 일

죽을 때까지 일하고 놀고 배워야 한다

후생노동성(일본 정부 부처 중 하나로 우리나라의 보건복지부, 식품의약품안정청, 노동부에서 담당하는 일을 한다.)의 '국민 생활 기초 조사'에 따르면 2009년의 고령자 세대(65세 이상으로 구성된 세대. 혹은 여기에 18세 미만의 미혼자가 포함된 세대.)의 세대 평균 소득액은 297만 엔입니다. 그중 연금이 70.6퍼센트를 차지하고, 일해서 번 소득은 불과 17.7퍼센트입니다. 연금이 총소득의 100퍼센트를 차지하는 세대도 무려 63.5퍼센트였습니다.

2008년 일본인의 평균 수명은 여성이 86.05세, 남성이 79.29세로 지난번 조사 결과를 뛰어넘었습니다. 2010년판 〈고령 사회 백서〉에 의하면 앞으로 평균 수명은 더욱 늘어날 것이라고 합니다. 65세 이후의 인생이 점점 더 길어지는 것입니다. 그리하여 2055년에는 국민 2.5명 중 1명이 65세 이상이 된다고 합니다. 백서는 일본이 "세계 어느 나라도 경험한 적이 없는 고령 사회가 된다."라고 지적하고 있습니다.

누적된 국채의 적자나, 국가 예산의 현황, 주변국에서 핵을 보유하고 있는 이상 방위비도 소홀히 할 수가 없습니다. 이런 것들을 생각해보면 노인이라고 해서 언제까지 우대받을 수 있다고는 말하기 힘듭니다. 정년 후 내가 하고 싶었던 일을 하면서 여생을 보내겠다는 꿈 같은 시절은 이미 지나갔습니다.

전쟁 후에 태어난 고령자도 앞으로 계속 늘어날 것입니다. 나이 들어 여행을 즐기고, 취미를 즐기는 게 노인의 특권이다, 라고 말하는 사람들은 더욱 늘어나겠지만 사회 정서의 변화를 못 본 척할 수는 없습니다. 인생은 언제나 변하기 마련입니다. 그리고 청년이든, 노인이든 변하는 인생에 대응하는 것이 인간으로서 지켜야 할 기본 원칙입니다. 이 원칙은 변하지 않습니다.

자립은 경제부터 시작되는 법입니다. 돌이켜보면 머지 않은 예전까지만 해도 사람은 죽을 때까지 일하는 게 당연했습니다. 일흔에도, 여든에도 바구니를 짊어지고 돌멩이가 널브러진 언덕길을 올라가 밭을 일궜습니다. 그리고 거기서 캔 야채를 짊어지고 다시 집으로 돌아오는 노인이 많았습니다. 농업이 산업의 변방으로 밀려나면서 요즘은 보기 힘든 광경이 되었지만 말입니다.

노년 세대에서 미국의 퇴직자들을 흉내 내려는 유행이 번

지고 있습니다. 남편이 정년 퇴직하면 부부끼리 느긋하게 크루즈 여행이라도 즐기고 싶다고 생각합니다. 그것도 나쁘지는 않지만 멋진 후반부 인생은 아닌 것 같습니다. 우연한 기회에 퀸엘리자베스를 타고 로스앤젤레스까지 크루즈 여행을 한 적이 있는데 사교 댄스도, 카지노도 재미가 없어서 선박에 딸린 도서실에서 원고만 썼습니다.

나는 현실에 참여하는 것이 즐겁습니다. 그래서 죽을 때까지 생산적인 활동과 연결되고 싶습니다. 가능하다면 나의 몫을 뛰어넘어 병으로 약해진 사람들 몫까지 하루라도 더 일할 수 있기를 바랍니다.

노인의 경제 활동은 이제 현실적인 문제가 되었습니다. 다시금 노인도 일해야 하는 세상이 되었습니다. 가령 외아들인 경우 부모와 아내와 자식을 홀로 먹여 살린다는 것은 상당한 부담입니다. 나이가 들어서도 일할 수 있는 체력이 있다면 재취업을 알아보고, 아니면 뜰에서 채소라도 가꾸는 등 생산성을 확보해야 한다고 생각합니다.

내각부의 '2006년 판 국민 생활 백서'에 따르면 65세 이상 69세 미만의 고령자 취업 비율은 남성이 49.5퍼센트, 여성은 28.5퍼센트입니다. 무직자 중에는 남성 40퍼센트 이상, 여성 20퍼센트 이상이 취업을 희망하고 있습니다. 남녀 모두 절반 이상이 '경제적인 이유'를 들어 취업했거나 취업을 희망하고 있습니다. 이 같은 조사 결과만 봐도 고령자의 생활이 '유유자적'과는 거리가 멀다는 것을 알 수 있는데, 대부분이 시간에 구속받지 않는 파트타임, 혹은 아르바이트를 선호하고 있었습니다.

자기 체력과 능력에 맞춰 오전에만, 또는 오후에만, 아니면 일주일에 이틀에서 삼일만 일하는 것입니다. 노인의 취업 활동으로서 이것이 적당하다고 봅니다. 정치의 도움으로 하루라도 빨리 고령자가 마음껏 일할 수 있는 사회가 되었으면 합니다.

건강을 잃은 고령자가 일할 수밖에 없는 현실은 안타깝고 슬프지만, 젊은 사람 못지않게 건강한 노인에게 경제 활동에 나서라고 재촉하는 것은 결코 범죄가 아닙니다. 죽을 때까지 일하고, 놀고, 배우는 것을 균형 있게 지속해야 합니다. "나이에 구애받지 말고 몸이 움직일 때까지 일하세요."라고 말하면 화를 내는 사람도 있고, 고마워하는 사람도 있습니다. 어떤 반응을 보여줄 것인가. 그 반응이 노인의 건강 상태를 측정하는 지표가 될 것입니다.

젊은 사람이 나설 땅을 만들어줘야 한다

죽을 때까지 일하자고 말했지만 평균 수명 이상까지 공직에 머무르는 것은 피해야 합니다.

예전에 81세와 87세에 참의원 선거에 나선 유명한 여성 정치가가 있었습니다. 많은 사람이 그녀의 청렴한 정치 활동과 이념을 칭찬했지만, 나는 속으로 무책임하다고 못마땅하게 여겼습니다. 건강에 자신이 있더라도 평균 수명이 지났다면 내일 어떤 일이 벌어질지 모릅니다. 이에 대한 준비를 해야 합니다. 특히 정치인처럼 중책을 맡고 있는 입장에서는 더욱 그렇습니다. 조금이라도 몸에 이상이 있거나 일정 연령을 넘었다면 만에 하나 있을지 모르는 비상 사태를 대비해 스스로 물러날 줄 알아야 합니다.

고이즈미 준이치로(小泉純一郎) 씨가 총리에 오르면서 당시 85세였던 나카소네 야스히로(中曾根康弘) 씨와 84세의 미야자와 기이치(宮澤喜一, 2007년 3월 사망) 씨에게 은퇴를 요청했는데, 나는 당연한 요구라고 생각했습니다. 두 분 모두 충분히 건강하고 사고방식도 유연했지만, 나이와 입장을 생각해서 당이라는 틀에서 벗어나 사회에 공헌하는 편이 좋다고 생각했습니다.

자영업 사장님에게는 관계가 없는 이야기입니다. 하지만 거대 조직의 요직이라면 상황이 다릅니다. 오래 머물면 머물수록 주위에 좋지 않은 영향을 미치게 됩니다.

예를 들어 재단 등의 회장이나 이사장이 좀처럼 그만두지 않고 현역에서 활약하다가 어느 날 갑자기 체력이 쇠해져 더이상 일을 감당하지 못하게 됩니다. 또는 머리에 문제가 생겨 하루아침에 멍청해집니다. 또는 회의 도중에 말 한마디 하지 않고 차만 마시고 일어선다든가, 꾸벅꾸벅 졸게 되었을 때도 이제 그만 물러나야 한다는 신호입니다. 전날 무슨 일이 있었든지 회의에 꼭 참석해서 내용을 경청하고 업무에 관련된 판단을 내리는 것이 의무인 사람이 꾸벅꾸벅 졸고 있다면 더 이상 그 자리에 연연해서는 안 됩니다. 말도 잘 못하고, 귀도 잘 안 들리고, 꾸벅꾸벅 졸기나 하는 사람은 이사나 위원에서 사임하는 것이 당연합니다.

몇 년씩 병을 앓으면서도 회장직에서, 이사직에서 물러나지 않고 버티는 사람들도 있습니다. 이로 인해 난감해하는 조직이 의외로 많습니다. 스스로 판단하고 결정내리지 못할 만큼 몸이 안 좋다면 가족이 나서서라도 한 달 이내에 사직서를 제출하는 것이 옳다고 봅니다.

　남편인 미우라 슈몽은 아직도 몇 가지 직무를 맡고 있습니다. 사직서는 벌써 오래전에 써두었습니다. 오늘은 건강하지만 내일은 어떻게 될지 아무도 모르기 때문입니다. 뇌내출혈로 쓰러지면 물러나야겠다는 결심은 고사하고 자기 손으로 사직서도 쓰지 못합니다. 그래서 건강할 때 미리 써놓은 것입니다. 만에 하나 문제가 생기면 나나 아들이 사직서에 날짜만 기입해서 바로 제출하면 됩니다. 건강상의 이유가 아니더라도 조직에 도움을 주지 못하게 된 시점에서는 물러나는 게 바람직합니다. 본인이 결단하지 못할 때는 주위에서 은퇴를 권합니다.

　노인이 되어서도 젊은 시절처럼 앞장서고 싶어 하는 사람이 있는데 이것도 생각해볼 문제입니다. 적극적인 태도라고 칭찬해줄 수도 있지만 인생에는 남의 도움을 받아 성장하는 시기와 남을 도와 성장시키는 시기가 있습니다. 젊었을 때는 능력이 부족해도 연장자로부터 도움을 받아 앞으로 나아갔습니다. 그리고 나이가 들어서는 반대로 젊은 사람들을 밀어줘야 합니다. 나보다는 우리 모두를 생각해서 자신에게 어울리는 위치를 찾아야 합니다. 쉽게 말해 젊은 사람들이 앞으로 나서도록 비켜서줘야 한다는 뜻입니다. 그것이 나이 든 사람의 지혜입니다.

　후배에게 길을 비켜줬다고 해서 나의 길이 끊어진 것은 아닙니다. 오히려 자유로운 환경에서 나만의 시간을 갖거나, 보다 건강해질 수 있는 일을 찾아 길을 만들면 됩니다.

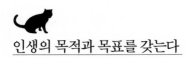

인생의 목적과 목표를 갖는다

　동창들은 지금 78세인데 대부분 하는 일이 있습니다. 내가 "학창 시절에 그런 재능이 있었나?" 하고 깜짝 놀랄 정도로 저마다 기술을 몸에 익혀 연마하면서 활약하고 있습니다. 외국인에게 일본어를 가르치는 친구도 있고, 붓글씨 교실을 열어 사람들을 가르치는 친구도 있고, 염색 기술을 배워 전람회에 출품하는 친구도 있습니다. 이 친구의 작품이 팔리기도 하는 것 같습니다. 나이가 들수록 경제적인 가치가 창출되는 자기만의 일이 중요해집니다. 내가 열심히 한 일에 "대가를 지불해드리겠습니다"라는 말을 듣게 된다는 것은 사회에서 소외되지 않았다는 증거입니다. 유치해 보여도 이것이 사는 보람입니다.

　노인이 건강을 유지하며 살아가는 비결은 '사는 보람'입니다. 즉 어떤 목적이 필요합니다. 우리 어머니는 만년에 자신이 살아야 될 이유가 뭐냐고 물으셨습니다. 모르겠으니 가르쳐달라는 부탁이셨는데 노인성의 가벼운 우울증 때문에 그런 말씀을 하셨는지도 모르겠습니다. 나는 야박하게도 "그건 안 돼요." 하고 딱 잘라 거절했습니다.

누구를 막론하고 타인이 삶의 이유랄까, 목적을 대신 가르쳐줄 수는 없습니다. 그 사람이 희망하는 바를 이뤄주기 위해 도와주는 것은 가능합니다. 하지만 삶의 목적은 본인 스스로 결정해야 될 문제입니다. 젊은이든, 노인이든, 아프리카 벽촌에서 태어났든, 뉴욕의 마천루 밑에서 태어났든 모두 똑같습니다.

노인이 되었어도 인생은 목표를 요구합니다. 그것 없이는 제대로 살아갈 수가 없습니다. 노인홈에서 극진한 시중을 받으며 꽃구경에, 달구경에, 전통 무용을 구경하는 나날이 반복되더라도 인생에 목표가 없으면 즐거움은 반감됩니다. 하다못해 그림엽서를 멋지게 만들어서 지인들에게 보내고 싶다, 라는 목표도 좋습니다.

주말에는 가나가와(神奈川) 현 미우라 해안의 집에서 주로 지내는데, 그곳에서 친하게 지내는 사람들은 전 해상 자위대원, 참치 원양 어선 선원, 고압 송전선 기술자 등입니다. 평생 육체를 쓰며 살아온 남자들로 군함과 산속에서의 생활이 '이제는 지긋지긋하다'고 합니다. 그러면서도 자원 봉사를 자주 합니다. 혼자 사는 노파의 산 울타리를 베어준다든가, 시민 농원에서 농사를 가르칩니다. 누군가에게 도움을 주고 싶다는 목표가 이루어져 지겨운 육체 활동이 그렇게 즐거울 수가 없다는 것입니다.

'무엇을 해줄 수 있는가'를 고민한다

산다는 것은 일하는 것이라고 생각합니다. 나이가 들어서
도 어떤 일을 할 수 있는지가 매우 중요합니다.

옛날에 내가 살던 동네에는 검은 비단으로 만든 소매 없는
윗옷에 뜨개질한 모자를 쓰고 대문 앞을 청소하는 할아버지
가 한 분 있었습니다. 그 무렵 조깅을 하며 지나가다가 자주
뵙곤 했는데 그 집에 사는 노인인 줄 알았습니다. 나중에 알
고 보니 이웃집까지 청소해준 것이었습니다. 남편에게 "우리
옆집에도 저런 분이 사셨으면 얼마나 좋을까요." 하고 뻔뻔스
럽게 말한 적도 있습니다.

그 할아버지 이야기를 남편이 어딘가에 썼던 모양입니다.
훗날 노인의 아들로부터 아버지가 몇 달 전에 돌아가셨습니
다, 라는 편지를 받았습니다. 항상 맞은편 집과 양 옆집까지

청소해주셨는데 그것이 아버지의 기쁨이었습니다, 라고 적혀 있었습니다.

"제가 알기로 오른편 옆집에는 손이 많이 가는 어린아이가 있었고, 왼편 옆집에 사는 할머니는 허리가 좋지 않았던 것 같습니다. 아버지는 시간적으로도 여유가 있고 건강하셔서 이웃집 앞마당까지 청소해주셨던 것 같습니다….."

과거에 그 할아버지가 무슨 일을 하셨는지는 잘 모릅니다. 들리는 소문에 따르면 사회적으로 꽤 중요한 일을 하셨다고 합니다. 그런 분도 만년에 이르러서는 세상의 칭찬이나 지위에 상관없는, 다만 인간으로서 해야 할 일에 스스로 만족하셨습니다. "어떤 도움을 받아낼 수 있는가"가 아닌 "무엇을 해줄 수 있는가"를 생각하면서 자신의 임무를 찾아내고 묵묵히 수행합니다. 그것이 '노인' 된 사람이 지녀야 할 고귀한 정신이 아닐까요.

노인이 되어서도 청소 같은 건 하찮다고 무시한다면 한심할 따름입니다. 노년에는 시시하다고 사회가 경시하는 일을 적극적으로 도맡아야 합니다. 그것이 아름다운 모습입니다.

요즘 농산물 도난이 늘고 있다는데 노인 방범대를 조직해 순찰하는 것이 대안이라고 생각합니다. 밥도둑을 철저하게 적발하지 못하면 나라의 뿌리가 위태로워집니다. 아프리카 농촌이 그래서 무너졌습니다.

아프리카에서 일하는 선교사들의 요청으로 농지구입자금을 지원하면 얼마 안 되어 유자철선(가시를 단 철선)을 만들어달라는 신청서가 날아옵니다. 결국에는 야간 경비대를 조직해야겠다는 이야기로 확대됩니다. 처음에는 "밭에 웬 야간 경비대?" 하고 놀랐지만 그 돈을 아꼈다간 애써 심은 농작물을 몽땅 도둑맞습니다. 기껏 키운 작물을 수확 전에 도둑맞아버리면 그야말로 맥이 빠집니다.

이를 대비해 일본에서는 노인 방범대를 조직하는 것입니다. 노인은 수면 시간이 짧아져도 몸에 별다른 무리가 없습니다. 세 명, 또는 네 명이 함께 돌아다니거나 소형차를 이용해 마을의 논밭을 수시로 둘러봅니다. 밭 근처에 수상한 자동차가 서 있으면 차 번호를 적어둡니다. 도둑과 싸울 필요는 없습니다. 비실비실한 할머니라도 호루라기를 부는 것은 가능합니다.

도난 방지용 농막을 짓고 그 안에서 차를 마시기만 해도 효과가 있습니다. 근처에 사람이 있는 것과 없는 것의 차이는 매우 큽니다. 나이 든 노인네라도 도둑이 함부로 설치지는 못할 것입니다. 이런 식으로 국가의 안전에 노인들의 힘을 활용해봤으면 좋겠습니다. 요즘처럼 농산물 도난을 방치했다간 농업뿐 아니라 국가가 쓰러지게 될지도 모릅니다.

또 아이들의 안전을 위해 등하교 시에 노인들이 통학로를 관리하는 건 어떨까요. 그것만으로도 큰 도움이 될 것입니다.

요리, 청소, 세탁은 반드시 직접 한다

일한다는 것은 밖에 나가는 것만을 뜻하지 않습니다. 가장 쉽게 할 수 있는 일이 손자를 돌보는 일인데, 손자가 근처에 살지 않거나 함께 살지 않는다면 어렵습니다. 그런데 음식을 만들고 청소를 하고 세탁하는 일은 누구나 할 수 있습니다. 즉 일상 생활에 필요한 활동입니다. 이런 활동을 타인에게 의지하지 않는 것부터 시작합니다. 생활의 최전방에서 은퇴하지 않는 것입니다. 가사만큼은 죽을 때까지 따라다닙니다. 따라서 은퇴란 없습니다.

나는 먹는 것을 좋아해 새로운 요리에 자주 도전합니다. 덩달아 가족들까지 즐거워해서 무척 재미있습니다. 낮에 비서들과 지낼 때가 종종 있어서 가끔은 6명이 먹어야 될 음식을 장만하기도 합니다. 먹어주는 사람이 많을수록 만드는 보람은 더욱 커집니다. 삶는 요리를 좋아하는 편이라 1.5리터들이 간장도 금방 동이 납니다. "누가 반주로 마셔버린 거 아냐?"라는 농담이 나올 정도입니다.

요리는 꽤 복잡해서 순서를 잘 지켜야 합니다. 종합적인 두뇌 활동을 요구합니다. 치매 등의 예방에 탁월한 효과가 있습니다. 냉장고에 쌓아둔 식재료를 처리할 겸 새로운 요리에 자주 도전하는 편이라 같은 요리를 매일처럼 반복할 염려는 없습니다. 고령자가 있는 가정은 치아가 없거나, 당뇨병을 앓거나, 간장이 나쁜 노인을 위해 이것저것 신경 쓸 게 많습니다. 그만큼 요리 하나를 만들더라도 머리를 써야 합니다.

일단은 냉장고에 어떤 재료가 남았는지를 항상 기억해둬야 합니다. 재료를 보고 무엇을 만들지 결정합니다. 부족한 게 있다면 쇼핑하러 나갑니다. 나는 성격이 쩨쩨해서 같은 재료라도 신선도와 가격을 일일이 체크합니다. 요리가 시작되면 단계별로 사용할 조미료를 선택하고 순서도 정합니다. 이 모든 과정이 손끝의 운동인 동시에 순서를 기억해야 한다는 점에서 두뇌 트레이닝이기도 합니다. 요리가 완성될 무렵에는 사용한 조리 기구를 깨끗이 설거지해둡니다.

요리란 확실히 계속해야 되는 것 같습니다. 매일 음식을 만드는 나도 여행 때문에 2주 가량 집을 비우고 돌아오면 즉석 야키소바(볶음국수) 만드는 순서마저 헷갈립니다. 말린 양배추에 끓는 물을 부어 뚜껑을 덮고 3분이 지난 후 물을 따라버리고 소스를 뿌려 섞어야 되는데 뚜껑을 떼어 버리고는 건더기와 끓는 물을 넣은 후에야 뚜껑이 필요하다는 것을 깨닫게 됩니다. 긴장감 없이는 아무리 간단한 요리라도 실수를 저지릅니다. 매일 부엌에서 준비하는 것이 인간으로서 기본적인 기능을 상실하지 않는 최선의 방법인 것 같습니다.

남성들도 요리 정도는 스스로 해야 하지 않을까요. "남자는 부엌에 들어가는 게 아니다."라는 구시대적 기질은 정말이지 곤란합니다. 내가 아는 분들 중에 아내가 잠깐 나갔다 오겠다고 말하면 "어디에 뭘 하러 가는데?"라는 질문은 쏙 빼놓고 "그럼 난 뭘 먹지?" 하고 묻는 남편이 상당히 많다고 합니다. 혹시 남자친구라도 생겨서 만나러 가는 건가, 하고 질투를 해봐도 괜찮을 텐데 오로지 먹는 것만 생각하고 있는 것입니다.

사람은 남자든 여자든 기본적으로 혼자서 살지 않으면 안 됩니다. 적어도 자기가 먹을 간단한 식사 준비, 세탁, 방 청소 등은 해내야 합니다.

다행히 우리 남편은 가사 활동을 별로 싫어하지 않습니다. 요리 같은 건 조금만 배우면 누구든지 간단한 것은 만들어 먹을 수 있고, 그것도 귀찮다면 인스턴트 제품을 구해다가 전자레인지로 데워 먹으면 됩니다. 요즘 세상에서는 전자 제품만 쓸 줄 알아도 거의 모든 가사 활동이 가능합니다. 빨래만 해도 세탁기에 옷을 집어넣고 버튼을 누르면 끝입니다.

귀찮고 하기 싫은 생각이 드는 까닭은 남이 시켜서 억지로 몸을 움직였기 때문입니다. "한번 해볼까" 하고 도전해본다면 집안일도 한가로운 시간에 즐길 수 있는 놀이가 됩니다. 익숙해지면 지금보다 더 잘하고 싶다는 사치스러운 생각까지

듭니다. 가사도 즐겁고 재미있다는 깨달음을 얻게 될지도 모릅니다.

아내도 애정이 있다면 지금 당장 남편을 가르쳐야 합니다. 오랫동안 같이 살아온 부부라도 죽을 때는 각자입니다. 만에 하나 남편 혼자 세상에 남겨졌을 때 기본적인 가사조차 해내지 못한다면 너무 불쌍합니다.

받는 사람보다 주는 사람이 되면 행복해진다

　받는 것보다 주는 것이 행복하다고 성경은 말합니다. 신앙 문제가 아닌 심리학적 연구에서도 판명된 진리입니다.

　받기만 하는 사람은 더 많이, 더 좋은 것을 받고 싶어합니다. 이것이 채워지지 않으면 배우자가 "무엇무엇을 해주지 않는다." 며느리가 "무엇무엇을 해주지 않는다."라면서 불만이 쌓여갑니다. 반대로 주는 사람이 되면 작은 것을 베풀어도 즐겁습니다. 상대가 기뻐하는 모습이라도 보여줄 때는 기쁨이 한층 더 커집니다. 주는 사람의 만족도가 훨씬 크다는 뜻입니다.

　어른이 될수록 주는 것이 더 많아집니다. 아이에게 젖을 먹이고, 안아주고, 기저귀를 갈아주고, 책가방을 챙겨주고, 학교에 보내줍니다. 어릴 때는 그저 받기만 합니다.

그러다가 조금 크면 어머니와 함께 쇼핑할 때 대신 짐을 들게 되고, 자동차를 운전할 수 있는 나이가 되면 "병원에 가실 때 제가 태워드릴게요." 하고 말하거나, 첫 월급으로 시계를 선물하기도 합니다. 주는 것이 더 많아졌을 때 사람은 비로소 어른이 됩니다.

요즘 부모들은 "넌 공부만 하면 돼." 하고 아이들을 가르칩니다. 아이들이 누군가에게 자신의 것을 줄 수 있는 기회를 빼앗아버립니다. 우리가 어렸을 때는 아이들이 집을 보는 것은 당연했습니다. 세 살 무렵부터 그때까지만 해도 시골에 불과했던 덴엔초후(田園調布)에 살았는데 역전의 상점가 아이들은 거의 모두 배달 심부름을 다녔습니다. 그중에는 여동생을 업고 있는 남자아이도 있었습니다. "공부해."라고 들볶는 게 아니라 "빨리 배달이나 다녀와."라고 엄마에게 엉덩이를 맞으면서 어른으로 커갔던 것입니다.

인간은 받기도 하고 주기도 합니다. 그러나 나이를 먹을수록 주는 것이 더 많아집니다. 장년쯤에는 거의 주기만 합니다. 그리고 노인이 되면 다시 받는 게 늘어납니다. 이때 사람에 따라 받는 기술에 차이가 생깁니다.

잠자코 받기만 한다면 아이와 다름없습니다. "정말 고마워요." 하고 감사 인사를 잊지 않는다면 주는 사람은 무척 기뻐할 것입니다. 차 한 잔을 대접받고도 말없이 당연한 것처럼 마실 때와 "이렇게 차까지 대접해주시다니 잘 마실게요."라고 말할 때 상대방의 기분은 극과 극입니다.

줄 수 있다면 죽을 때까지 장년입니다. 기저귀를 차고 자리에 누웠더라도 시중해주는 간호사에게 "고마워요"라고 말할 수 있다면 기쁨을 주는 사람입니다. 우리가 마지막에 줄 수 있는 가장 아름다운 것은 '죽음의 모습'이라고 생각합니다. 아이들에겐 죽음을 배울 기회가 흔치 않습니다. 죽음을 보여주는 것만으로도 큰 것을 베풀었다고 생각합니다. 사후의 장기 기증이나 헌체를 희망하는 사람도 있을 겁니다. 늙어 쇠약해졌더라도 뭔가를 줄 수 있다면 그것이 무엇이든 간에 그는 끝까지 현역입니다.

3. 관계

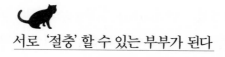

서로 '절충' 할 수 있는 부부가 된다

50대가 되었을 때 내가 느꼈던 감정은 이 나이가 되었으니 나에게도 나만의 오랜 역사가 있다는 뿌듯한 기분이었습니다. 이런 기분을 여기저기서 말하고 다닌 것은 혼자 우쭐해졌기 때문입니다. 남은 인생이 길지 않으므로 이 나이가 되면 살고 싶은 대로 살게끔 승인해주는 것이 마땅하다고 생각했습니다. 오래도록 함께 살아온 부부 사이에서도 같은 말을 할 수 있습니다.

미우라 반도에 별장이 한 채 있습니다. 그곳에서 밭을 일구며 석양 빛을 바라보는 한가로운 시간이 무엇보다 소중하지만 남편은 그다지 좋아하는 눈치가 아닙니다. 남편은 태생이 도시파로 도시 한가운데 살면서 미술관 관람과 영화 보기를 즐기는 사람입니다.

그래서 우리 부부는 반은 하고 싶은 대로 살고, 나머지 반
은 서로 타협해서 양보하기로 결정했습니다. 어른이라면 이
렇듯 적당한 선에서 양보하고 타협할 줄 알아야 된다고 생각
했습니다. 일주일쯤 시골에 머물고 싶어도 사흘이 지나면 집
에 올라옵니다. "당신 때문에 마음 편히 지내지도 못했어요."
하고 불평을 늘어놓는 것도 나름의 재미입니다.

　　취미가 비슷해 배낭을 짊어지고 함께 여행하는 부부도 많
은데 우리 부부는 취향마저 다릅니다. 나는 아프리카를 좋아
해서 자주 가지만 남편은 절대로 안 가겠답니다. 먹을 것을
사러 마켓에는 같이 가도 책을 좋아하는 남편은 서점에 간다
는 말도 없이 가출하듯 어느새 내 곁을 떠나 혼자 서점을 기웃
거립니다.

　　평소에도 우리 부부는 함께 지내는 시간이 적습니다. 두 사
람 모두 밥만 같이 먹으면 별 문제 없다고 생각하는 터라 아침
식사는 반드시 함께 먹습니다. 나는 저혈압이 있어 중얼중얼
말하면서 한 시간 가까이 걸려 천천히 먹습니다. 아침 식사가
끝나면 다음 식사 시간까지 각자에게 주어진 잠시의 자유를
누립니다. 가고 싶은 곳이 있으면 눈치 볼 것 없이 다녀옵니
다. 다녀와서는 서로 겪었던 일들을 장황하게 이야기합니다.

　　우리 둘은 똑같이 수다스러워서 식사 때마다 남편은 밖에
서 겪은 일들을 빠짐없이 들려줍니다. 어떤 사람한테 이런 말
을 했더니 그 사람이 이런 식으로 대답하더라, 집에 오는 전철
에 미인이 타고 있었는데 그 예쁜 여자가 말도 안 되는 짓을
저질렀다든가, 하는 쓰잘머리 없는 이야기까지 자세히 들려

줍니다. 나도 밖에서 겪은 일들을 재미나게 지껄입니다. 이런 시간들이 제법 즐겁습니다. 무엇보다 돈이 들지 않습니다. 그렇게 실컷 수다를 떨고 다음 식사 시간까지 각자 좋아하는 일을 하며 보냅니다.

절반의 욕망을 용납해준 것에 대해, 이루어지도록 도와준 것에 대해 늘 고마운 마음을 품습니다. 별로 힘들이지 않고 서로의 개인적인 부분이 타협되어 지내기가 편합니다. 나이든 부부가 절충을 받아들인다면 사이가 더 좋아진다기보다는 각자의 생활이 편해집니다. 절충이란 위대한 현명함의 다른 표현인지도 모르겠다는 생각이 들었습니다.

친한 사이에도 예의를 지킨다

'친한 사이에도 예의를 지킨다'는 말은 친구 사이뿐 아니라 배우자와 자식 간에도 필요합니다. 가정은 마음 편히 지내는 보금자리입니다. 그렇다고 가족들에게 상처받을 말을 아무렇지 않게 하거나 불쾌한 기분이 들도록 행동해도 좋다는 뜻은 아닙니다. 나이가 들어서도 다르지 않습니다.

나이 들면 무슨 짓을 해도 용서받는다고 착각하는 사람들이 있는데 응석이 아닌가 싶습니다. 옛날에 "내 나이가 되면 무슨 말을 해도 다 받아줘."라고 자랑하던 할머니를 만났습니다. 주위 사람들이 억지로 참고 들어주는 것을 할머니는 받아들이는 것으로 착각했습니다. 이럴 바에야 평생 누구에게도 응석 부리며 버릇없이 굴지 않겠다, 배우자나 성인이 된 자녀의 생활에 일일이 간섭하며 무례를 저지르지 않겠다고 작심하는 편이 낫습니다.

부모가 자녀에게 베풀 수 있는 중요한 유산 중 하나가 깨끗한 이별이라고 생각합니다. 자녀를 가르쳐 최종적으로 독립이 가능한 상태에 놓였을 때 자녀 앞에서 아무렇지 않은 듯 조용히 사라지는 것입니다. 자기가 베푼 일에는 항상 감사받고 싶고, 또 자기 손으로 무언가를 주었다면 상대방에게 꼭 확인시키고 싶은 보통의 인간 관계에서는 매우 어려운 일이지만 부모의 애정이란 사심 없는 사랑이기에 가능하지 않을까 싶습니다.

슬하에 아들이 하나 있습니다. 그 아이는 자기 희망대로 18세에 나고야에 있는 대학에 입학했습니다. 아이에게 무거운 짐이 되어서는 안 된다고 생각했을 무렵 다행히 아들은 내 품을 떠나 그의 인생을 걷기 시작했습니다. 한동안은 경제적으로 보살펴줬지만 대학에 입학하던 그때 자녀 교육은 끝이 났습니다.

그 후로 35년 가까이 지났습니다. 아들은 내 품에서 살았던 세월의 배가 넘는 시간을 홀로 걸어왔습니다. 취미도, 세상을 보는 눈도 나와 다른 게 당연합니다. 그래도 속으로는 항상 걱정스러운 것이 부모 마음입니다. 아프다고 하면 불안하고, 하는 일이 잘 안 되었다고 하면 어떻게든 성공해주기를 기원합니다. 그나마도 이런 마음에 대해 오랫동안 잘 알고 지낸 사람이니까 그냥 염려하는 정도로 생각하려고 노력합니다.

친구들과는 30년 넘게 사귀어왔지만 수중에 저금한 돈이 얼마나 되는지를 아는 친구는 한 명도 없습니다. 그런 친구들과의 사귐과 동일하게 아들이 나를 받아들여주는 만큼 사이 좋게 지내자, 라는 마음으로 살아가는 것이 좋다고 생각합니다. 그 이상 성인이 된 자녀와 부모가 관계를 잘 맺는 비결은 없다고 생각합니다.

부모와 자식 간에도 감사와 예절이 필요하다

유럽에는 '리턴 뱅퀴트(return banquet)'라는 습관이 있습니다. 어느 집에 초대받아 대접을 받고 나면 답례로 파티를 열어 대접하는 것입니다. 그쪽에서 프랑스 요리를 대접했다고 해서 이쪽도 프랑스 요리를 준비할 필요는 없습니다. 나처럼 "방어 요리밖에 할 줄 몰라요."라고 말해도 괜찮습니다. 값을 따지는 게 아니라 대접받은 데 대한 감사의 표시가 중요합니다. 부모와 자식 사이이므로 무엇인가를 해주는 게 당연하다고 생각한다면 성숙한 관계를 맺지 못합니다. 기본적인 리턴 뱅퀴트는 필수가 아닐까요.

부모와 자녀가 모인 행복한 식사 풍경을 말할 때마다 나는 유대인의 가정을 떠올립니다. 1984년부터 '장애인과 함께하는 성지 순례'에 참가하면서 자주 이스라엘을 방문했습니다.

예루살렘 호텔 방의 창가에 서 있으면 주변 집들의 풍경이 그대로 들여다보입니다. 따뜻한 날에는 시원한 바람이 들어오도록 커튼을 젖히고 창을 연 집이 많습니다. 집 안이 훤히 보입니다. 안식일이면 늙은 어머니는 장미꽃 등을 꽃꽂이해서 거실을 장식하고 테이블에 접시를 늘어놓습니다.

유대력에서 안식일은 금요일 일몰부터 토요일 일몰까지입니다. 이 하루 동안 일체의 노동이 금지됩니다. 스위치를 눌러 전깃불을 켜는 것마저 금지입니다. 어머니는 안식일에 맞춰 돌아오는 아들·딸 내외를 위해 마켓에 들러 찬거리를 사고 금요일 오후까지 요리를 완성한 후 촛불을 켜놓고 기다립니다.

잠시 후 키퍼라는 작은 접시처럼 생긴 모자를 쓴 아들과 손자들이 차례로 문을 엽니다. 멀리 사는 아이들도 일 주일에 한 번 있는 안식일에는 자동차를 타고 어머니께 달려옵니다. 모두 모이면 식사가 시작됩니다. 제일 연장자인 큰아들이 손수 빵을 잘라 가족들에게 나눠줍니다. 내가 먹여줄게, 하는 것 같은 느낌입니다.

아내에게 나눠줄 때도 일부러 말을 걸거나 하지 않습니다. 서로 말없이 식사에 열중합니다. 보고만 있어도 자녀들이 부모를 소중히 여기고 있음이 느껴집니다. 나의 존재는 여기 계신 부모님 덕분이다, 라는 감사의 마음이 온몸에서 전해옵니다. 그런 광경을 볼 때마다 독립한 자녀가 부모를 문안하는 것이 사회적인 의무처럼 생각됩니다. 일본에도 이런 습관이 있다면 좋겠지만 사정이 어떤지 잘 모르겠습니다.

자녀는 일주일에 한 번, 그것이 힘들다면 한 달에 한 번, 그마저도 힘들다면 봄 여름 가을 겨울의 계절마다 한 번, 그조차 무리라면 1년에 한 번은 의무로써 부모님을 찾습니다. 부모는 집을 깨끗이 청소하고 말쑥한 옷을 입고 남아 있는 체력과 수중의 돈을 초과하지 않는 범위에서 정성껏 음식을 준비합니다. 그리고 아이들이 도착하면 즐겁게 이야기를 나눕니다. 예전에 저지른 실수를 지적하거나 잔소리를 늘어놓을 기회로 여겨서는 절대로 안 됩니다.

부모와 자식 사이에도 조심성과 위로와 예절이 필요합니다. 데면데면 서먹하게 지내라는 뜻은 아닙니다. "바쁜데 여기까지 오느라 혼났겠구나." "건강해 보이셔서 다행이에요."라고 감사와 존경의 마음을 서로에게 온전히 전하는 것이 자녀와 부모의 성숙된 관계입니다.

부모님이니까 내버려둬도 상관없다고 생각해서는 안 됩니다. 내 아이 앞에서는 아무렇게나 말하고 행동해도 상관없다고 생각해서는 안 됩니다.

주변 사람에게 진심으로 감사한다

하루뿐이라면 모든 사람이 어렵지 않게 좋은 사람이 됩니다. 문제는 이를 지속하기가 매우 어렵다는 것입니다. 매일 저녁 얼굴을 마주하다보면 흠이 보이기도 합니다. 언제나 상냥하게 다가간다는 것은 여간해서는 할 수 없습니다.

그 때문에 멀리 떨어져 사는 딸과 둘째 며느리가 더 착하다고 여기게 되어 함께 사는 큰며느리에게 싫은 소리를 합니다. 그러나 현실에서 나이 든 부모를 모시고 매일처럼 수고하는 사람은 큰며느리입니다.

한센병 환자들이 모인 시설에서 이런 이야기를 들었습니다. 일본은 한센병 환자들의 생활을 위해 경제적인 지원을 베풀고 있습니다. 과거에 단종 수술 등으로 문제가 있기는 했지만 세계적으로 봤을 때 일본의 한센병 환자는 제대로 된 대우를 받고 있습니다.

환자 중에 생활 보조금을 아껴서 적지 않은 돈을 모은 사람이 있었습니다. 그렇게 모은 돈을 1년에 한 번 찾아오는 조카에게 모두 줘버리곤 했습니다. 시설에서 일하는 직원이나 간호사들을 위해 과자 한 봉지를 사서 "같이들 먹어요."라는 말은 해본 적이 없는 사람입니다. 이 이야기를 들었을 때 나는 그 사람의 심리가 이해되지 않았습니다.

내 생활에서 이웃 사람들은 매우 소중합니다. 여러 가지 일로 자주 신세지고 있는 분들에겐 진심으로 감사하며 살고 있습니다. 미안합니다, 고맙습니다, 라는 말을 입버릇처럼 합니다. 진심으로 그렇게 생각하기 때문입니다.

세상에는 큰며느리에게 부모님을 맡겨놓고는 "뭘 잡숫게 하는 거예요." "더 다정하게 해드려요."라고 쓸데없이 참견하는 시누이도 있습니다. 만약 부모님이 매일 보살펴주는 큰며느리에게 감사의 말을 잊지 않고 그 마음을 표현한다면 시누이의 말도 얄밉게 들리지 않을 겁니다. 누군가에게 용돈을 주고 싶다면 어쩌다 찾아오는 딸이나 조카에게 주느니 함께 사는 며느리나 신세지고 있는 양로원 직원들에게 베푸는 편이 훨씬 아름답다고 생각합니다.

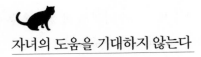

자녀의 도움을 기대하지 않는다

앞서 말한 '2010년판 고령 사회 백서'를 보니 65세 이상의 고령자와 자녀의 동거 비율이 1980년에는 70퍼센트였는데 1999년에는 50퍼센트로 줄고, 2008년에는 44.1퍼센트로 크게 줄었습니다. 연령이 낮을수록 자녀와의 동거 비율도 낮아지는 경향을 보입니다.

2005년도에 고령자를 대상으로 마음의 지주가 되는 사람이 누구인지 물었더니 과반수 이상이 자녀를 꼽았습니다. 60세 이상의 고령자와 독립한 자녀의 접촉 빈도를 조사한 결과 '거의 매일', '일주일에 한 번 이상'의 비율이 46.8퍼센트, '한 달에 한두 번', '1년에 몇 번', '거의 없다'는 대답이 53.2퍼센트였습니다. 자녀와의 관계에서 소외된 부모가 과반수 이상이라는 뜻입니다.

외국과 비교하면 전자의 비율은 미국에서 약 80퍼센트, 한국·독일·프랑스에서는 60~70퍼센트입니다. 이와 달리 일본에서는 독립한 자녀와의 접촉 빈도가 점점 낮아지고 있습니다.

아직도 늙으면 자식이 돌봐주는 것이 당연하다고 생각하거나 자녀에게 노후를 맡기려는 부모가 적지 않은데, 부모와 자녀의 관계에서 기본은 자립입니다.

자녀 입장에서 봤을 때 경찰에 체포되는 범죄를 저지르지도 않고, 노후를 의탁할 생각도 하지 않는 부모님의 존재는 세상 사람들의 입장에서 '귀찮게 굴지 않는 부모'이므로 감사하는 마음을 가져야 될 것입니다. 그러나 세상에는 미숙한 자녀가 더 많습니다. 자녀로부터 고맙다는 말 한마디 못 듣고, 관심도 보여주지 않는 경우가 적지 않습니다. 그렇다면 깨끗이 포기해버립니다. 먹을 만큼 나이를 먹은 자녀 앞에서 뭔가를 요구하더라도 이제는 늦었습니다. 나라면 버리느니 버림받는 쪽을 택하겠습니다. 아들이든 딸이든 버리고 싶어 한다면 부모로서 버림받아주는 것입니다.

그런 부모를 보며 자식농사에 실패했다고 말하는 사람들이 있는데, 진실은 당사자만이 아는 법입니다. 남의 일에 함부로 판단을 내세우는 것은 교만한 마음 때문입니다. '하면된다'라고 말하는 사람도 있는데 그 또한 교만하기 때문입니다. 세상에는 아무리 노력해도 보답받지 못하는 일이 얼마든지 있습니다. 뜻대로 되지 않는 일이 더 많습니다. 이 나이가 될 때까지 살아왔으니 모를 리 없습니다.

자녀가 그렇게 된 것은 상당 부분은 부모의 책임이며, 나머지는 당사자의 타고난 천성입니다. 어떻게 해볼 도리가 없는 현상 중 하나입니다. 뭐가 문제인지는 잘 모르겠지만 어쨌든 뜻대로 되지 않았습니다. 그 때문에 내 인생이 실패했다고는 말할 수 없습니다.

불평하더라도, 원망하더라도 아무 소용이 없습니다. 그런데 시간을 낭비하는 것은 아깝습니다. 자녀의 불효는 깨끗이 잊어버리고 그때그때 밝고 즐거운 기분이 드는 아름다운 것들을 바라보며 남은 인생을 살아가는 것이 중요합니다. 살다 보면 어떤 일이 일어날지 모르므로 일일이 놀라서는 안 됩니다. 다만 증오심을 최대한 억제하고, 되도록 잊고 사는 방법을 생각해내야겠지요. 이 세상은 조금 체념하고, 깊게 고민하지 말고, 바라보는 각도를 약간 바꿔 보는 것만으로 환한 빛과 시원한 바람을 아낌없이 베풀어줍니다.

그리고 만에 하나 자녀가 좋은 소식을 알려왔을 때는 잘됐구나, 하고 기뻐해줍니다. 만에 하나 자녀가 범죄를 저질러 교도소에 수감되면 출소한 날 저녁에 대문을 열어 맞아주고, 목욕물을 데워주고, 밥을 지어 먹입니다. 자녀가 어떻게 행동하든 이를 받아주는 게 부모의 책임입니다.

4. 돈

돈으로 이득 보겠다는 욕심은 버린다

인생에서 돈은 매우 중요합니다. 돈으로 해결할 수 있는 인생의 괴로움도 있기 때문입니다.

가령 몸이 불편한 시어머니를 모시고 살 때 한 달에 단 며칠이라도 다른 사람에게 시어머니를 부탁할 수 있는 경제적 여유가 있다면 생활의 감각이 달라집니다. 반나절, 혹은 하루 종일 자유롭게 해방되어 연극을 보러 가거나, 쇼핑을 가거나, 레스토랑에서 맛있는 음식을 사 먹고 돌아옵니다. 그것만으로 갑갑했던 기분이 말끔히 사라져 더욱 정성껏 시어머니를 모실 수가 있습니다. 돈이 사람의 마음을 구해준다고나 할까요. 역시 이 정도 여윳돈은 있는 편이 좋겠습니다.

'2010년판 고령 사회 백서'에 따르면 고령자 세대(65세 이상의 사람들로 구성되거나 여기에 18세 미만의 미혼자가 포함된 세대)의 2007년 평균 연소득은 298.9만 엔이었습니다. 세대평균인 566.2만 엔의 절반 수준입니다. 세대 1인당으로 환산해보면 고령자 세대는 상대적으로 세대 인원이 적은 편이어서 192.4만 엔이 됩니다. 세대평균인 207.1만 엔과 큰 차이는 없습니다.

고령자 세대의 소득 종류는 '연금'이 211.6만 엔(총소득의 70.8퍼센트)으로 가장 큰 비중을 차지하고 있으며, 이어서 일해서 번 '소득'이 50.5만 엔(총소득의 16.9퍼센트)이었습니다.

고령자 세대의 연소득 분포는 '100만~200만 엔 미만'이 27.1퍼센트로 가장 많았고, 이어서 '200만~300만 엔 미만'이 18.5퍼센트, '300만~400만 엔 미만'이 16.9퍼센트, '100만 엔 미만'이 15.7퍼센트였습니다. 연소득 '300만 엔 미만'의 세대 비율은 일반 세대에서는 약 30퍼센트인 데 비해 고령자 세대에서는 약 60퍼센트를 차지하고 있습니다. 소득이 낮다고 대답한 세대가 다른 연령대에 비해 상대적으로 큰 비율을 차지하고 있는 것입니다.

그렇다면 저축은 어떨까요. 2007년 정부가 실시한 가계 조사에 따르면 세대주 연령이 60~69세 사이의 2인 이상으로 구성된 세대의 평균 저축액은 현금만 따졌을 때 1443만 엔. 70세 이상은 1508만 엔이었습니다. 아쉽게도 독신 세대 및 부양 세대로 등재된 노인들의 데이터는 구하지 못했기 때문에 정확한 수치는 아닙니다.

고령자를 대상으로 경제적인 살림살이에 대해 물어본 결

과 "경제적으로 여유가 있어서 아무 걱정 없이 살고 있다." "경제적으로 여유롭지는 않지만 그다지 걱정할 정도는 아니다."라고 대답한 비율은 전체의 60.7퍼센트, "경제적으로 어렵다."라고 대답한 비율은 37.8퍼센트였습니다. "1년 전과 비교했을 때 생활이 더 어려워졌다."라고 대답한 비율도 약 40퍼센트였습니다.

일본에서는 정상적으로 생활을 유지하지 못하게 된 사람들을 생활 보호 대상자로 지정해 보호해줍니다. 좋은 제도이기는 하나 국가에 의지하여 남들이 낸 세금으로 밥을 먹는 것을 권하고 싶지는 않습니다. 타인의 돈이 아니고서는 내 생활이 성립되지 않는다는 상황 자체가 문제입니다.

어느 날 갑자기 우리가 노년으로 불리지는 않습니다. 오랜 세월이 지난 끝에 도달합니다. 노후를 대비해 저축은 기본입니다. 요즘 젊은 사람들이 저지르는 가장 큰 잘못은 예부터 가르쳐온 '유비무환'의 가치를 잊고 미래를 대비하지 않는다는 점입니다.

나는 어렸을 때부터 어머니에게 금전 철학이라고 할까, 돈에 관한 많은 이야기를 들었습니다. 어머니는 늘 돈을 우습게 여기지 말라고 가르치셨습니다. 인간의 마음은 약해서 돈이 없을수록 쓸데없는 다툼이 늘어난다, 돈에 조금이라도 여유가 생기면 친척과 친구들과 만나도 너그러운 마음으로 약간의 손해는 아무렇지 않게 감수한다, 하지만 돈이 없을 때는 누가 얼마를 냈는가에 신경이 곤두선다….

돈은 무서운 것이다, 라는 말씀도 자주 하셨습니다. 나 때문에 다른 사람들이 이유도 없이 돈을 쓰게 해서는 안 된다, 욕심이 생겼을 때는 돈과 관련해서 사건에 휘말릴 소지가 크다는 것을 깨닫고 몸가짐에 특별히 주의하라, 옆에서 부추긴다고 덥석 물건을 사서는 안 된다, 어디에 돈을 쓰고 어디에 쓰지 않는가를 세상에서 배울 게 아니라 네가 스스로 결정해야 한다…. 어머니의 가르침은 늘 내가 주인공으로 살아가라는 말씀이었던 것 같습니다.

악덕상법에 걸리거나 터무니없는 돈벌이 이야기에 노인들이 속아 넘어가는 까닭은 욕심 때문입니다. 수십 년을 살아왔음에도 어떻게 저런 말도 안 되는 어리석은 이야기에 걸려들었는지 의구심이 생길 때가 있는데, 앉아서 일확천금을 벌고 싶다는 마음을 그 나이가 되어서도 정리하지 못한 탓이라고 생각합니다.

이득을 보려고 생각하지 않는 마음만으로도 돈이라는 존재에서 95퍼센트 이상 자유로워질 수 있습니다. 금전 문제는 인생에서 낮은 차원의 이야기입니다. 이런 것일수록 단순하고 명쾌한 자기만의 룰을 만들어 지켜나가는 것이 필요합니다. 그렇지 않으면 마음에 고인 욕심이 언젠가는 인생을 썩게 만듭니다.

분수에 맞는 생활을 한다

　여배우처럼 사람들의 꿈을 대신 구현해줄 의무가 있는 사람들은 여기저기에 별장을 짓거나, 자가용 비행기를 타고 다니거나, 상류 사회 사람들과 파티를 열거나, 매일 저녁 샴페인을 터뜨리는 생활을 할 수밖에 없는지도 모릅니다. 그러나 여배우가 아닌 우리가 허세를 부리며 시간과 정력을 소비할 이유는 없습니다. 분수껏 즐길 수 있는 취미를 찾아 그 안에 나를 가두는 '규모'를 지켜야 합니다.

　본디 인간은 다다미 한 장이면 충분합니다. 유엔난민고등판무관사무소(UNHCR)에서 세계 각지의 난민들을 위해 오두막을 지었을 때 성인은 1인당 다다미 한 장, 아이들은 그 절반으로 필요한 면적을 계산했습니다. 짐이 없다면 그 정도 넓이에서 어떻게든 살 수 있다고 판단했기 때문입니다. 이것이 인생의 기본이겠지요.

젊은 시절부터 집이 넓어야 한다고는 생각하지 않았습니다. 청소만으로도 지칠 테니까요. 덴엔초후에 있는 우리 집은 1934년에 부모님이 지은 것입니다. 얼마 전까지도 창틀은 알루미늄이 아니었고, 지금도 나무 창틀이 몇 개 남아 있습니다. 당시의 유행에 따라 마당이 꽤 넓어 정원사에게 부탁해서 지금껏 유지해왔는데 유지비가 생각보다 큰 편입니다. 그래서 아들에게 우리 부부가 죽으면 이 집도 자기 사명을 다한 셈이니 몽땅 헐고 빈 터로 부동산에 내놓으라고 말해두었습니다.

언제 누가 그런 말을 했는지는 잊어버렸지만 "가정은 집과 마당이 있어야 가정이다. 마당도 없는 좁은 장소에서 평화로운 가정은 만들어지지 않는다."라고 말한 사람이 있었습니다. 하지만 아파트에서도 즐겁고 화목한 가정을 꾸려나가는 사람이 참 많습니다. 우리 모두는 알게 모르게 이상과는 거리가 먼 현실에서 타협점을 찾아내고 이를 받아들이며 살아가고 있습니다.

젊은 날에는 허세를 부릴 때도 있습니다. 그러나 언젠가는 아무리 숨기려고 해도 그의 진실한 생활이 밖으로 드러나기 마련입니다. 나이를 먹을수록 허세를 부린들 소용이 없다는 것을 깨닫게 됩니다. 만년이 다가오면 바라는 것을 무엇이든 이루며 살아온 사람은 이 세상에 단 한 명도 없다는 것을 체험으로 깨닫습니다. '분수'를 안다는 것은 오랫동안 살아온 자의 지혜 중 하나라고 생각합니다.

나는 돈을 무척 좋아하지만 너무 많아도 곤란합니다. 부모님이 남겨주신 방대한 토지의 재정 관리를 하며 평생을 보낸 동창생의 오빠가 있는데 땅에 얽매인 그가 부럽다는 생각은 들지 않았습니다. 모든 사람이 미우라 유이치로(三浦雄一郎) 씨처럼 일흔이 넘은 나이에 에베레스트에 오르고 싶다든가, 노구치 소이치로(野口聰一郎) 씨처럼 우주비행사를 꿈꾸지는 않습니다. 요는 타고난 재능에 맞는 생활이 가장 행복합니다.

돈은 많아도, 적어도 사람을 괴롭힙니다. 규에이칸(邱永漢, 일본의 재테크 전문가) 씨가 약간의 목돈을 준비한 소시민이 가장 행복하다고 말했는데 명언이라고 생각합니다. 생활에 큰 불편함 없이 오늘은 장어가 먹고 싶다, 어디 온천이라도 다녀오고 싶다 같은 일상의 소망을 이루어줄 정도가 가장 적당하다고 봅니다.

돈이 없다면 여행도 연극 관람도 깨끗이 포기한다

나는 매사에 우선순위를 정해놓고 행동하는 습관이 있습니다. 나에게 어떤 일이 더 중요한지를 생각한 후에 가장 중요한 일부터 차례로 실천합니다. 그날 다섯 가지 정도 해야할 일이 생겨도 1순위와 2순위만 무사히 해내면 성공입니다. 3순위까지 해냈다면 그날은 행복한 날입니다. 더 욕심내지는 않습니다. 체념할 줄도 알아야 한다고 생각합니다. 체념에 익숙해지면 나이 들어 하지 못하는 일이 늘어나도 마음에 속박당하지 않습니다.

우선순위를 정해 할 수 있는 일만 하고 나머지는 포기하는 방법을 젊은 시절 취재 관계로 동행한 어느 신문기자에게서 배웠습니다. 여객기를 갈아타며 세계를 한 바퀴 돌아보는 기획에 동행하게 되었는데, 그분은 다음 공항에 도착할 때까지

기내에서 상당히 많은 일——그때는 휴대 전화도 없어서 텔렉스로 기사를 송고했습니다——을 해야 했습니다. 하지만 정해진 시간에 모든 스케줄을 끝마치지는 못했습니다. 그때 그분이 이런 말을 했습니다. "먼저 우선순위를 정해요. 가장 급한 일부터 순서대로 하는데 시간 내에 다 못하더라도 상관하지 않습니다."

그 이후로 나도 적당히 살아왔습니다. 친구들은 "바라는 것들 중 몇 가지만 이뤄도 만족하니까, 사는 데 불만이 없는 것 같아."라고 말하는데 나의 이런 습관도 그 같은 생각에서 출발하고 있습니다.

이것 저것 다 하고 싶다고 욕심을 부리면 돈은 부족해질 수밖에 없습니다. 나는 미슐랭 가이드(프랑스 미슐랭사에서 발행하는 유럽의 레스토랑 안내서)에 실린 최고급 초밥집에 가본 적도 없고, 옷과 자동차, 술을 좋아하지도 않습니다. 그 대신 마음에 드는 냄비가 눈에 띄면 사지 못해서 안달입니다. 이젠 적당히 그만둘 때가 되었다고 생각하지만 마음에 드는 냄비에 맞난 음식을 만들고 싶다는 욕망을 누르지 못하고 결국 사고야 맙니다. 곁에서 보면 나의 지출도 쓸데없는 낭비처럼 보일 수 있겠으나 우선순위는 사람마다 다른 법입니다.

내가 아는 사람 중에 보석을 무척이나 좋아하는 분이 있습니다. 다이아몬드를 특별히 좋아하는데 다이아몬드가 무색이어서 옷을 맞춰 입지 않아도 되기 때문에 좋아한다고 합니다. 그럴 수도 있겠다고 생각했지만 진심은 다급할 때 환금이 용이하다는 장점도 선택에 큰 영향을 미쳤을 것입니다. 무엇보다도 그분은 다이아몬드를 구입할 만한 경제력을 갖추고 있습니다. 자신의 분수에 맞는 씀씀이입니다.

간혹 정치인이나 경제인이 애인을 숨겨두거나, 비싼 그림을 몰래 구입해 온갖 비난에 직면하곤 하는데, 남들에게 피해를 주지 않는 선에서 자기 돈으로 하고 싶은 일을 한 것이므로 돈의 출처에 분노할 이유는 없다고 봅니다.

내 주위만 해도 맛있는 음식을 먹는 게 최우선이라는 사람도 있고, 평소에는 절약하다가도 여행은 호화판으로 즐기는 사람도 있습니다. 주말마다 경마장에서 마권을 구입해 기분 좋게 놀고 오는 노인도 있습니다. 가정 경제의 뿌리를 뒤흔드는 짓이 아니라면 어디에 돈을 쓰든 개인의 자유입니다. 자기의 가치관에 따라 행동할 권리가 있습니다.

물론 원칙이 뒤따라야 합니다. 자신이 쓸 수 있는 돈을 정해놓고 그 한도 내에서 사용해야 합니다. 집안일만 해온 아내일지라도 결혼 후 몇 십 년이 지났다면 장기간에 걸친 공로자이므로 가족들에게 이만한 액수는 나를 위해 쓰고 싶다고 분명한 목소리로 말하는 것이 좋습니다. 또 내가 번 돈이라도 멋대로 썼다가는 나중에 문제가 될 수 있으므로 미리 가족들과 상의해서 이해를 구하는 것이 맞다고 생각합니다.

주식 등에 투자해서 돈을 버는 사람도 있지만 이것도 특수한 재능입니다. 우리 같은 일반인이 섣불리 도전해서는 안 됩니다. 수입은 노동에 대한 대가가 가장 안심할 수 있습니다.

옛날에는 돈이 없으면 아무것도 못했지만 요즘은 자치 단체마다 모임을 지원하거나, 기업에서 무료 음악회, 무료 전시

회 등의 이벤트를 제공하고 있습니다. 그만큼 공짜로 즐길 찬스가 늘어났습니다. 고령자 할인도 적극적으로 찾아서 이용하고, 그밖에 좋아하는 일들을 찾아내고 만들어서 즐기면 됩니다. 책을 좋아하는데 돈이 없다면 도서관에서 빌리거나 헌책방에서 싸게 구입합니다. 이것이 사람의 지혜, 즉 재치입니다.

돈이 없다면 여행도 연극 관람도 깨끗이 포기합니다. 뭔가를 얻을 때는 대가를 지불해야 한다는 원칙을 지키도록 합니다. 대가를 지불할 능력이 없다면 하고 싶어도 참고 체념하며 아무 일도 없었다는 듯 평범하게 하루를 살아갑니다.

노년의 시간은 할 수 없게 된 것들을 체념하며 버리는 시기입니다. 집착과 속념(俗念)을 억누르면서 다가오는 운명의 끝자락을 준비하는 것입니다. 그러기 위해서는 이성과 용기가 필요합니다. 체념과 금욕은 만년에 이른 인간만이 도전할 수 있는 매우 중요한 정신적 과제입니다.

의리에서 벗어난다, 관혼상제에서 물러난다

　수입이 줄었다면 지출도 줄여야 합니다. 식비를 너무 아꼈다간 자칫 건강을 해칠지도 모르니 관혼상제 등으로 지출되는 돈을 아끼는 것이 바람직합니다.

　결혼식과 장례식은 참석을 좋아하는 사람과 그렇지 않은 사람으로 호불호가 명확히 갈립니다. 사람들 틈에 어울리는 것을 좋아하지 않는 나는 후자에 속합니다. 결혼식은 피곤하고, 장례식은 어쩐지 슬픕니다. 쌀쌀한 날에는 감기에 걸릴 수도 있습니다. 다녀와서 그다지 좋은 일은 없었던 것 같습니다.

　대기업에서 사장과 회장을 지낸 사람의 장례식이 대형 호텔에서 치러졌는데 내 친구가 여기에 다녀왔습니다. 나는 "이렇게 날이 추운데 70대 할머니까지 갈 필요가 있었을까요?"

하고 반문했지만 고인의 부인이 "잠시라도 좋으니 얼굴만이라도 비춰주세요."라고 부탁했다는 것입니다. 그래서 호텔에 갔더니 "검은 옷을 입은 사람들만 우글거리고 내가 아는 사람은 한 명도 없었어요."라는 후회만 남았다고 합니다.

당연합니다. 그런 곳에 가봐야 몸만 지치고, 까딱하면 감기에 걸리거나 택시비만 날립니다. 이런 사정은 고려하지 않고 늙은이에게 "잠시라도 좋으니 얼굴만이라도 비춰주세요."라고 부탁하는 것은 너무 잔인합니다.

장례식에 참석한 조문객의 숫자와 조문객 중에 높은 사람이 있었다든가, 유명인으로부터 조화를 받았다는 등의 겉치레에 집착하는 사람들이 있습니다. 그 사람의 기호 문제이므로 좋다, 나쁘다 말할 수는 없습니다.

그러나 사양이라는 것도 생각해야 합니다. 사양이란 상대방 입장에서 생각해보는 것입니다. 내가 아는 사람들 중에는 장례식이 있어도 "오지 마세요."라고 말하는 사람이 많습니다.

결혼식이든 장례식이든 참석하는 것을 좋아한다면 눈치 볼 것 없이 참석합니다. 사람 만나기를 즐기는 사람도 있고, 술만 마시면 기운이 솟는 사람도 있습니다. 그런 사람들은 고인에 대한 추억을 술잔에 담아 마심으로써 기분 전환이 될 수도 있습니다.

예전에는 다들 가난해서 저녁 반주는 꿈도 못 꾸는 사람이 많았습니다. 그들에게 장례식과 결혼식은 고주망태가 되도록 취할 수 있는 좋은 기회였습니다. 하긴 평소에 제대로 밥도 못 먹는 사람도 많았으므로 쉽게 접하기 힘든 귀한 음식을 마음껏 먹을 수 있는 기회이기도 했습니다.

나의 죽음으로 살아생전에 친분이 없던 사람들까지 행복해질 수 있다는 것은 대단한 기회입니다. 세계에는 모르는 사람의 결혼식에 지나가던 사람이 들러 축복해주고, 음식 대접을 받는 것을 당연하게 여기는 풍습도 있습니다. 이 또한 행복을 나누는 방식입니다.

하지만 고령자의 입장을 이해한다면 오시지 않아도 된다며 사양할 줄도 알아야 합니다. 특히 75세 이상의 후기 고령자에겐 인생의 시간이 얼마 남지 않았습니다. 건강에 문제가 생기는 게 당연한 나이입니다. 노인을 세상의 의리 때문에 무리하게 몸을 움직이는 부담감에서 해방시켜주는 사회적인 합의가 도출되어야 한다고 생각합니다. 적어도 관혼상제에서 은퇴시켜주는 것이 세상의 상식이 되었으면 합니다.

나는 오래전부터 이 같은 의리를 저버리고 살았습니다. 중요한 건 살아 있는 동안입니다. 그래서 장례식에 가지 않을 때가 더 많습니다. 살아계실 때는 문병 가는 것이 도리입니다. 그러나 돌아가셨다면 혼은 어디에서나 만날 수 있으므로 장례식장에 가지 않고 집에서 그분을 위해 기도드리면 됩니다.

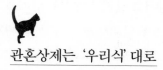

관혼상제는 '우리식' 대로

돈의 사용 방법도, 관혼상제도 약간의 용기만 있으면 내가 하고 싶은 대로 실천할 수가 있습니다. 우리 가족은 알리지 않고 조용히 넘어가는 것을 좋아하는 편이라 어머니와 시부모님 장례식을 사람들에게 알리지 않았습니다. 무심코 이야기했다간 한 번도 뵌 적 없는 분들까지 소노 씨네 문상엔 가봐야 되는 거 아닐까, 하고 고민하게 될지도 모르기 때문입니다.

어머니의 장례식은 지금도 정확히 기억하고 있습니다. 그날 아침 일곱 시부터 당시 총리였던 나카소네 씨와 대담하는 텔레비전 프로그램 녹화가 있었습니다. 내가 아침 일찍 총리 관저로 출발한 사이에 남편과 아들이 화장터로 관을 옮겼습니다. 녹화를 마치고 총리 관저 입구의 경비실에서 상복으로 갈아입은 후 화장터로 달려갔습니다. 남편에게 "집에서 관이 나올 때 누가 보지 않았죠?" 하고 묻자 "그렇게 할 수 있다면 완전 범죄도 가능하겠지."라고 대답합니다. 그 말에 "듣고 보니 그렇네요." 하고 둘이서 웃었던 기억이 납니다.

그날 외가 쪽 사촌 형제들과 임종까지 시중해준 가정부 등 20명이 우리 집에 모여 오후 네 시부터 장례식을 시작했습니다. 밤샘은 하지 않기로 했습니다. 사촌들이 "이모님이 돌아가셔서."라는 사유로 회사에 조퇴계를 제출하기에는 그 정도 시간이 딱 알맞다고 생각했습니다.

상복은 일절 거절했습니다. 사촌 여동생과는 이런 이야기도 나눴습니다. "까만 옷을 입고 오면 안 돼. 우린 비밀 장례식을 할 거니까."

"그럼 뭘 입고 가요?"

"엄마가 살아 계셨다면 무슨 옷을 입고 우리 집에 올 거야?"

"지난번 세일 때 산 와인색 슈트를 보여드리고 싶었어요."

"그럼 이번에 보여드려."

조의금도, 화환도 모두 거절하고 싶었지만 다른 분들이 신경 쓰이는 눈치여서 학급 회의 때처럼 전원에게서 2000엔씩 거둬 꽃을 준비했습니다. 장례 미사가 끝나고 근처 중국 음식점에서 성대하게 저녁을 먹었습니다. 어머니에 관한 험담을 서로 질세라 떠들면서 먹고 마셨습니다. "정말 재미있었어요. 내년에도 또 모였으면 좋겠어요."라고 말하는 분이 있을 정도였습니다. 어머니도 무척 기쁘셨을 겁니다.

시부모님이 돌아가셨을 때도 의리 때문에 문상하러 오는 분이 없도록 외부에 알리지 않았습니다. 팔십, 구십까지 장수 하시고 집에서 노환으로 편히 돌아가신 부모님을 위해 사회 적으로 화려한 장례식을 준비할 필요는 없다고 생각했습니 다. 돈을 쓰기보다는 고인이 생전에 마음으로부터 사랑했던 사람들에게 둘러싸여 더없이 따뜻한 장례식을 치르는 것이 더 중요하다고 믿었습니다. 이 모든 게 '우리식' 대로 밀고 나 갔기에 가능했습니다.

빈털터리가 되면 객사를 각오한다

저축한 돈이 얼마 안 돼 미래가 불안하다고 말하는 사람들이 있습니다. 노인들이 가장 고민하는 문제 중 하나는 지금 보유하고 있는 돈을 어떤 속도로 얼마씩 사용하면 좋을까, 라는 것입니다.

그러나 앞날은 아무도 모릅니다. 이 세상에 확실한 것은 없습니다. 앞에서 했던 말들과 모순되는 것처럼 들릴지도 모르겠으나 만반의 준비를 갖췄더라도 걱정 거리는 여전합니다. 내가 할 수 있는 범위 내에서 가능한 모든 대비를 마쳤더라도 언제 무슨 일이 벌어질지는 아무도 모릅니다. 내가 언제까지 살아 있을지를 예측하고 대비한다는 것은 쉬운 일이 아닙니다.

만에 하나 내가 너무 오래 살아서 저축한 돈을 모두 써버리고 빈털터리가 된다면 주변 지인이나 이웃을 붙잡고 늘어질 것입니다. 만약 그들이 나를 저버린다면 그때는 도리가 없습니다. 객사를 각오해야 합니다. 집에서도, 병원에서도 평안한 죽음이 보장되는 것은 아닙니다. 죽는 그 순간에는 객사와 다를 게 없습니다. 그러니까 객사를 결심하기만 한다면 세상에서 노인이 두려워할 게 없어지는 셈입니다. 주위에 나를 돌봐줄 사람이 한 명도 없는 박정한 세상이라면 더 오래 살라고 해도 거절하겠습니다.

그런데 일본은 길가에 쓰러져 있어도 어디론가 데려가줍니다. 요즘 같은 시대엔 노상에서 사람이 굶어 죽는 것도 매우 어려운 도전입니다.

옛날 일본에는 거동이 불편한 노인을 집에서 멀리 떨어진 곳에 버리는 풍습이 있었습니다. 아프리카의 부르키나파소라는 나라에서는 지금도 이와 유사한 풍습이 지켜지고 있습니다.

이야기가 조금 곁길로 샜는데, 아프리카에서는 사람의 죽음을 수명과 질병 문제로 여기지 않습니다. 누가 저주했기 때문이라고 해석합니다. 그래서 마을의 주술사에게 '범인'이 누군지 가르쳐달라고 합니다. 주술사가 지목한 범인은 마을에서 살지 못하고 쫓겨납니다. 놀랍게도 90퍼센트 이상이 나이 든 여성입니다. 그런 이유를 붙여서라도 일하지 못하고 밥만 축내는 노년을 사회에서 쫓아내려는 의도가 아닌가 싶습니다. 마을 사회에서 추방된 늙은 여자들은 이리저리 떠돌다가 대부분 길에서 죽습니다.

부르키나파소에는 버림받은 여자들을 돌봐주는 가톨릭 시설이 있습니다. 그곳 수녀들이 관리하는 시설입니다. 언젠가 이곳을 방문한 적이 있습니다. 시설이라고 해봐야 창고처럼 생긴 콘크리트 건물 바닥에 돗자리 비슷한 것을 깔고 누워 있는 게 고작입니다. 낮에는 건물 밖 공터에 원숭이산의 원숭이 바위처럼 웅크리고 앉아 목화에서 실을 뽑거나 씹는 담배의 일종인 코라 열매를 팔고 있었습니다.

아프리카에서는 돈이 없는 사람은 병에 걸려도 치료받지 못하고 죽습니다. 아파도 치료받지 못합니다. 반면에 일본에서는 노숙자도 의료 혜택을 받습니다.

도쿄도 제생회(濟生會) 중앙병원을 취재했을 때 주민등록증도 없고, 건강보험에도 가입하지 않고, 주머니를 아무리 뒤져도 단돈 1000엔이 없는 사람들만 입원할 수 있는 병동에 가봤습니다. 실려 온 환자 중에는 몸이 너무 더러워서 병변(病變, 병으로 인해 일어나는 육체적 변화)을 구별하기 힘든 사람도 많습니다. 그래서 이들을 씻길 수 있는 시설이 따로 마련되어 있습니다. 노숙자가 겨울에 사망하는 원인 중 1위가 저체온증인데 이를 치료하는 데 필요한 특수 기능을 익힌 의료 스태프도 많습니다. 우연히 일본에 태어난 덕분에 이 같은 혜택을 누리게 된 것입니다.

자치단체나 병원에 따라서는 환자에 대한 서비스가 좋지 못한 곳도 있습니다. 어느 나라와 비교해서 이런 말을 해야 좋을지 모르겠지만 납득하는 수밖에 없습니다. 푸대접을 받더라도 다행인 것은 이제는 나이가 있어 그런 푸대접을 받을 기회가 많지 않다는 것인지도 모르겠습니다.

5. 고독

고독을 견디는 것, 고독에서 나를 발견하는 것

혼자 사는 노인이 늘어나고 있습니다. '2010년판 고령 사회 백서'에 의하면 65세 이상의 독신 고령자가 점점 늘어나는 추세라고 합니다. 1980년에는 독신 고령자가 남성은 약 19만 명, 여성은 약 69만 명이었는데, 2005년 들어서는 남성이 약 105만 명, 여성은 약 281만 명으로 증가했습니다. 앞으로도 혼자 사는 고령자가 계속 늘어날 것이라고 합니다. 그 요인으로는 미혼율과 이혼율의 상승, 배우자와 사별 후 자녀와 동거하지 않는 부모의 증가 등을 꼽을 수 있습니다.

혼자 사는 데 불안을 느끼는 고령자도 증가하고 있습니다. 2005년 조사에서 독신 세대 고령자의 63.0퍼센트가 일상 생활에 걱정 거리가 있다고 대답했으며, 그중 30.7퍼센트는 '의지할 만한 사람이 주위에 없다'고 대답했습니다. 2002년도 조사 때보다 걱정 거리가 있다고 대답한 사람의 비율은 약 1.5배, 의지할 수 있는 사람이 없다는 대답은 약 1.8배 늘어났습니다.

돈이 없어도 괴롭고 불안하다지만 고독은 돈이 있어도 해결되지 않습니다. 고독과 지낸다는 것은 노년의 생활에서 가장 많은 용기를 요구합니다.

내가 아는 여성은 남편의 죽음으로 무엇보다 힘들어진 것은 마음껏 남들을 험담하지 못하게 된 것이라고 고백했습니다. 아무리 친한 친구라도 타인의 비밀이나 자신의 추악함에 대해 말하기가 꺼려집니다. 하지만 배우자라면 다릅니다. 맘 편히 이야기할 수도 있고, 어쩌면 같이 맞장구를 쳐주며 험담을 나누게 될지도 모릅니다. 밖으로 새어나갈 걱정이 없으니 안심하고 실컷 떠들 수가 있습니다. 사이좋은 형제자매도 이와 비슷할 것이라고 생각하는데, 이처럼 방파제 역할을 해줄 사람들이 주위에서 조금씩 사라지는 시기가 노년과 만년이며, 이것이 노인의 고독이기도 합니다.

누군가가 재미난 이야기를 해줬으면 좋겠다고 바라거나, 어디로 데려가주기를 바라면서 고독을 이겨내려는 사람들이 있습니다. 이것은 근본적인 해결책이 아닙니다. 고독을 이겨내는 근원적 힘은 오직 자기 자신뿐입니다. 내가 나를 구원하는 길밖에 없습니다.

고독의 본질은 사람의 위로만으로는 치유되지 않습니다. 친구와 가족들 덕분에 외로웠던 마음이 잠시 밝아지기는 해도 고독을 탄생시킨 본질적인 감정은 친구도, 가족도, 배우자도 다가오지 못합니다. 인간은 이별과 질병과 죽음을 혼자 견뎌내야 하는 존재입니다.

인간은 무리 지어 사는 동물이지만 고독에서는 자유롭지 못합니다. 자연 다큐멘터리를 보더라도 '무리에서 떨어졌다'라는 장면이 자주 등장합니다. 사람도 마찬가지여서 떨어질 수 있음을 각오하고 살아가야 합니다. 차라리 노년의 삶은 고독한 게 당연하다고 받아들이는 건 어떨까요. 사람은 모두가 외롭다, 그래서 나는 혼자가 아니다, 라고 자신을 달래는 것입니다.

인간은 혼자 태어나 혼자 죽습니다. 가족이 있더라도 태어남과 죽음은 혼자 떠나는 여행입니다. 갓난아기는 툭하면 울어댑니다. 그 시절을 기억하는 사람은 없지만 뭔가 괴롭고 불편해서 울음을 터뜨렸을 것입니다. 기저귀가 더러워져도, 배가 고파도 갓난아기는 말로 표현하지 못하므로 답답하고 괴롭습니다. 그런 답답함과 괴로움을 안고 인간은 성장합니다. 갓난아기 시절과 마찬가지로 인간이 겪어야 할 모든 단계에는 고통이 따라다닙니다. 그리고 노년의 단계에서 우리는 고독과의 사귐을 강요받습니다. 고독과 함께 생을 마감하는 것이 정해진 운명이라고 받아들이면 지금보다는 훨씬 편안해질 겁니다. 나는 그렇게 생각합니다.

단적으로 말해서 노년의 일과는 고독을 견디는 것입니다. 고독 속에서 나를 발견합니다. 내가 어떤 인간이었는지, 어떻게 태어났고, 그 삶에는 어떤 의미가 있었는지, 그것을 발견하고 죽는 것이 인생의 마지막 목적지라는 생각이 듭니다.

나를 포함해서 많은 사람이 그저 그렇게 살다가 죽습니다. 이런 평범한 시간들 속에서 위대한 의미를 발견하는 사람도 있을 겁니다. 그 차이가 인생의 성공과 실패를 가늠하는 갈림길이 될 것입니다.

혼자 노는 습관을 기른다

우리 어머니가 젊었을 때만 해도 여자가 혼자 영화를 보러 가거나 찻집에 간다는 것은 상상도 못했습니다. 하지만 지금은 아주 평범한 일입니다. 밖에서 볼일을 보다가 피곤해지면 잠시 찻집에 들러 책을 읽습니다. 나이가 들수록 함께 어울릴 수 있는 친구들이 줄어듭니다. 미리미리 혼자 노는 습관을 키워두는 것이 좋겠습니다.

요즘은 곁에서 시중드는 사람 없이는 여행도 못하겠다고 말하는 노인이 많습니다. 단체로 움직이는 것도 좋지만 인생이 곧 여행인데, 혼자 여행하지 못하겠다는 것은 상징적인 의미에서도 곤란하지 않을까 싶습니다. 시간표를 확인하고, 차표를 사고, 갈아타는 것까지 남들에게 맡겨버린다면 이건 문제가 있습니다. 스스로 확인하고 스스로 움직일 줄 알아야 합니다.

혼자 여행을 떠나도 사람들에게 도움을 구해야 할 때가 많습니다. 도저히 혼자 할 수 없는 일이 생겼을 때는 누군가에게 부탁해야 합니다. 쉰 살 무렵에 중심성망막염과 백내장으로 시력을 거의 상실하게 되었습니다. 그때도 혼자 강연하러 다녔습니다. 하지만 안내판에 적힌 비행기 탑승 게이트도 제대로 읽지 못했습니다. 그래서 공항 직원에게 "눈이 안 좋아서 안내판을 못 읽겠어요. 기타큐슈행은 몇 번 게이트죠?"라고 묻곤 했습니다. 게이트에 도착해서는 귀를 쫑긋거립니다. 안내 방송이 나오고 사람들이 걸어가는 소리가 들리면 그쪽으로 잽싸게 따라갔습니다.

목적지에 도착해서도 문제의 연속입니다. 턴테이블에서 짐을 찾지 못해 직원에게 물표를 보여주고 시력 장애가 있어서 잘 안 보여요, 하고 부탁해야 간신히 짐을 찾게 됩니다. 대다수 일본인은 친절한 편이어서 자신의 약점을 사전에 설명하고 부탁할 기력만 있으면 혼자 여행하는 것도 어렵지 않습니다. 나는 그것이 기뻐서 도움을 주신 분들에게 몇 번이고 고맙다고 고개를 숙였습니다.

앞이 잘 안 보임에도 성경 강의를 들으려고 세타가야구(世田谷區)의 세다(瀬田)라는 곳에 있는 수도원에 버스를 타고 다녔습니다. 내가 사는 덴엔초후 역전의 버스정류장에 서 있으면 다른 노선 버스도 수시로 들어왔는데 행선지 표시를 읽기에는 무리였습니다.

그래서 버스가 들어올 때마다 얼간이 같은 표정으로 "나리

타에 가고 싶은데 이 버스를 타면 되나요?" 하고 물었습니다. 그러면 운전기사는 "아니에요. 바로 뒤에 오는 버스를 타세요." 하고 친절히 가르쳐주었습니다. 수단 방법을 가리지 않습니다. 노년일수록 조금 무리다 싶은 일도 지혜를 활용해 가능케 하는 교활함을 갖추고 있어야 합니다.

특히 혼자 떠나는 여행에서 지혜는 필수입니다. 늘 긴장해야 하기 때문에 머리가 멍청해지는 것을 예방하는 데도 큰 도움이 됩니다. 매일 자기가 먹을 것을 요리하고, 가끔씩 혼자 여행을 떠나는 것. 이 두 가지가 나의 정신을 녹슬지 않게 단련해줍니다.

인생의 풍요로움은 얼마나 많이 만났는가로 알 수 있다

다른 책에서도 썼는데 예전에 오키나와로 향하는 비행기 안에서 미국인 중년 여성과 동석했던 적이 있습니다.

나는 아무것도 묻지 않았는데 그녀는 대뜸 "난 아들이 둘이에요." 하고 말을 걸어왔습니다. 장남은 매사추세츠 공과대학을 나온 수재로 교수이고, 둘째는 공부를 싫어해서 성적이 나빴는데 어느 날 군에 입대하더니 오키나와로 파병을 갔다고 합니다. 그곳에서 사랑하는 여자를 만나 결혼하고 아이가 태어났다고 합니다. 그녀는 오늘 처음 며느리와 손자를 만나러 가는 길이라면서 지갑을 꺼내 아들 부부와 손자의 사진을 보여주었습니다.

그녀의 대화에서 둘째 아들에 대해 "공부는 싫어했지만 그 아이는 사람들을 사랑할 줄 알았어요."라고 칭찬하는 말이 인상 깊었습니다. 우리가 잘 쓰지 않는 표현이라 그런지 신선한 감동으로 다가왔습니다. 아들이 사람을 사랑할 줄 안다는 것은 어머니로서 큰 자랑 거리입니다. 내 아이가 비록 수재는 아니더라도 명랑함을 잃지 않고, 누구를 만나더라도 친절을 베풀면서 세상을 즐겁게 살아가주기를 바랐던 시절이므로 그녀와의 만남은 더욱 특별했습니다.

그 사람의 인생이 풍요로웠는지를 따지는 척도는 그가 이 세상에서 얼마나 다양한 만남을 가졌느냐에 달려 있다고 봅니다. 만남은 사람에 한정되지 않습니다. 자연과 일상에서 겪는 사소한 일들을 비롯해 추상적인 영혼, 또는 정신이나 사상적인 만남도 포함됩니다. 아무것도 보지 않고, 아무도 만나지 않고 인생을 살면서 영혼이 떨리는 경험을 해보지 못했다면 그는 인간으로서 인생을 살아온 것이 아니라고 단언할 수 있습니다.

1984년부터 '장애인과 함께 떠나는 성지 순례 여행'에 참가해왔습니다. 그때마다 매번 멋진 만남이 나를 기다리고 있었습니다. 이 여행의 특징은 장애인과 자원 봉사자 모두 경비를 지불하고 참가한다는 점입니다. 즉 순수한 동행이며, 우정이 기반이 된 여행입니다. 우리는 구약과 신약의 무대인 이스라엘 전역을 돌아보며 전문가의 강의를 듣고 성서를 공부했습니다. 그리고 어느 해부턴가는 이스라엘 남부 사막의 베두인족이라는 유목민과 함께 머무는 일정을 여행에 포함했습니다.

베두인족의 텐트에서 생활했는데 모래 위에 조그마한 카

펫을 깔고 그 위에 침낭을 놓습니다. 남녀를 가리지 않고 10여 명이 한 텐트에서 바람을 맞으며, 또 틈새로 보이는 별빛을 맞으며 밤을 지냅니다. 세수도 하지 않고, 이도 닦지 않고, 옷도 갈아입지 않고 아무렇게나 눕고 자는 원시적인 생활입니다. 한 번 그렇게 누웠다가 일어나보면 버릇이 될 만큼 기분이 좋습니다. 사막에서 야영한다는 것은 장애인이 쉽게 경험하기 힘든 도전입니다. 그래서 일부러 일정에 포함했습니다.

휠체어를 타고 모래밭을 지나 화장실에 가기 위해서는 누군가의 도움이 반드시 필요했습니다. 밤중에 불편 없이 화장실에 갈 수 있도록 젊은 남자 봉사자들이 불침번을 서기로 했습니다. 서부 영화에서처럼 텐트 입구에 모닥불을 피워놓고 불을 쬐며 불침번을 섰습니다. 인디언이 습격할 리도 없었지만 불침번은 누군가 해야 할 임무였습니다.

불침번을 서게 된 사람들은 "이렇게 즐거울 줄은 몰랐다."라고 말합니다. 불침번 같은 것을 지금까지 한 번도 체험한 적이 없기 때문입니다. 모닥불 옆에서 술을 마시고 문어다리를 씹으면서 와자지껄하게 떠들어댑니다. 불침번을 서지 않는 사람들까지 밖의 소란스러움이 궁금해 잠들지 못하고 은근슬쩍 가세합니다. 잠을 청하다가 밖으로 나가 기지개를 펴는 순간, 시간의 유구함을 생각하게 만드는 하늘의 별들과 마주칩니다. 살아 있음을 실감케 해주는 최고로 멋진 밤이었습니다. 근위축성측색경화증(루게릭병)으로 시력을 거의 잃은 한 남성은 "살아서 사막에 오게 될 거라곤 꿈도 못 꿨어요."라고 말했는데 불침번을 서던 봉사자들에게 인생의 즐거운 한때를 경험하도록 만들어준 주역들은 바로 휠체어에 의지해야 하는 그분들이었습니다. 해후라는 것이 이런 게 아닐까요. 노년에도 이렇게 재미있는 일이 있다니, 하고 감동하는 체험이 있기를 바란다면 몇 살이 되어서라도 만남은 이루어질 것이라고 장담합니다.

푸념은 사람을 떠나게 한다

인간은 어떤 상황이든 바로 그런 상황을 발판으로 삼아 딛고 일어설 수 있어야 합니다. 고독이라면 고독 그 자체를 스탠드 포인트(심리학에서 말하는 자신의 입지)로 여기고, 거기서부터 재미있겠다고 생각되는 일을 찾아나가는 수밖에 없습니다. 스탠드 포인트가 불량이어서 발판이 비틀거릴 때도 있을 것입니다. 그러나 문득 깨닫고 보면 옆에 붙잡을 수 있는 난간이 있고, 손을 내밀어주는 누군가가 있었습니다.

거듭 말하지만 타인이 해주기를 바라는 기대 심리는 불만을 쌓아나갈 뿐입니다. 나도 모르게 푸념이 늘어납니다. 노인의 푸념은 듣는 사람까지 비참하게 만드는 나쁜 버릇입니다. 그리고 푸념만 늘어놓는 노인 곁에 다가와줄 사람은 없습니다. 푸념은 주위 공기를 음지처럼 차갑게 물들입니다. 반대로 만사를 즐거워하는 노인 곁에서는 양지의 냄새가 풍겨 사람들이 모여듭니다.

간혹 무슨 일을 겪든 초조해하지 않고 중심을 잡아주는 노인들과 만납니다. 그분들 주위의 10미터 안팎에 있는 사람들은 자기도 모르는 사이에 마음이 따뜻해집니다. 살아오면서 덕을 쌓아 올렸기 때문입니다. 덕성이란 무엇을 말하는 걸까요. 말로써 정의하기가 어렵겠지만 한 가지 기준을 세워보자면 모든 일에서 의미를 찾고, 그렇게 찾아낸 의미를 인생에 끌어들여 즐기려고 하는 마음가짐일 것입니다.

사람은 나이를 먹을수록 세상에서 일어나는 문제들을 분석하고, 그 안에 숨어 있는 본질적인 이유를 추리하는 능력이 발달합니다. 그런 능력이 발달할수록 사람은 분노에서 점점 더 멀어집니다. 그런데 요즘은 분별력을 갖춰야 할 중년과 세상 물정에 통달한 노년들마저 금방 화를 내기 일쑤입니다. 자기 입장과 견해에 집착하는 유아성이 아직도 가시지 않았기 때문입니다.

입장을 바꿔보면 우리 모두는 정도의 차이는 있을지언정 누군가의 신경을 자극하며 살아가고 있습니다. 이것은 좋고, 저것은 나쁘다라고 말할 수 있는 문제가 아닙니다. 사람마다 살아가는 방법에 차이가 있기 때문입니다.

나와 생각이 다른 사람을 만나더라도 이렇게까지 다를 수 있을까, 하고 놀람과 충격을 웃음으로 승화시킬 줄 알아야 합니다. 다행히 내 친구들은 그들과 너무 다른 나를 보고도 "그런 거야?" 하고 웃어줍니다. 내 앞에서 "당신이 옳아." "실은 나도 그렇게 생각했어." 같은 빈말은 절대로 입에 담지 않습니다. 그들과 다른 나를 보며 놀라워하고 그래서 즐거워합니다.

자신만의 생활 방식과 취미를 확립하고, 남들과 다름에 머뭇거리지 않고, 나와 다름에 거부하지 않고, 그가 누구든, 어떻게 살고 있든 그의 시간들에서 운명과 의미를 발견한다면 그 사람은 이미 예술가입니다.

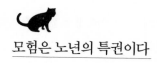

모험은 노년의 특권이다

미우라 유이치로 씨처럼 유명하지 않더라도 노인들 중에 등산을 즐기거나 스키를 즐기는 사람이 점차 늘어나고 있습니다. 얼마 전에 텔레비전에서 여든이 넘은 후부터 조깅을 시작해 트라이애슬론(철인 3종 경기) 대회까지 출장하게 된 어느 남성의 이야기를 소개했습니다.

위험하지 않다고는 말할 수 없습니다. 사람은 평온하게 사고와 사건 없이 사는 게 좋습니다. 하지만 안전하다고 해서 무조건 좋다고는 할 수 없습니다. 두려운 일, 위험한 일은 절대로 피한다, 라는 조심성 많은 인생에 즐거움이 적은 것은 어쩔 수 없습니다.

나는 1997년부터 일본재단에서 일해왔는데 거의 매년 젊은 관료들, 혹은 매스컴 관계자들과 아프리카, 남미 같은 세계의 빈곤국을 시찰하고 돌아왔습니다. 출국에 앞서 참가자들에게 당신을 위험에서 완벽하게 보호해줄 수는 없다, 라고 미리 분명하게 말해둡니다.

아프리카에서 육로로 100킬로미터쯤 이동하다보면 한 차례 정도 죽을지도 모르는 위험한 상황을 겪게 됩니다. 길이 험한 탓에 위험한 사고가 자주 일어납니다. 비행기가 안전하다고 생각할 수도 있는데 비행기는 추락의 위험을 안고 있습니다. 그래서 비행기로 이동할 때는 혹시 모를 추락 사고를 대비해 구조 헬기 등에 소재를 알려줄 수 있는 거울과 물, 비스킷, 사탕 같은 비상 식량을 반드시 준비하도록 합니다.

말라리아도 빼놓을 수 없는 생명의 위협입니다. 말라리아와 관련한 팸플릿과 예방약 등을 지급하는데, 이 예방약에는 부작용이 있습니다. 이를 복용할지는 각자 판단할 몫입니다. 테러리스트에게 납치당하는 상황도 고려해야 합니다. 인질이 되어도 이쪽에서 보상금은 한 푼도 지불해주지 않습니다. 그래서 사전에 납치될 경우 생명은 포기하십시오, 그게 싫다면 따라오지 않아도 됩니다, 라고 조금은 심한 말도 해야 합니다.

나는 지나치게 소심해서 비행기 추락과 동시에 페트병이 깨질지도 모른다고 생각하여 군용 수통에 물을 담아 들고 다니기도 했습니다. 지금까지는 비행기가 추락하지도, 테러리스트에게 납치되지도 않았지만 항상 위험을 각오하고 있습니다.

위험은 우리의 일상 도처에 숨어 있습니다. 정치가들은 입

버릇처럼 "여러분이 안심하고 살 수 있는 세상을 만들겠습니다."라고 장담하지만 그것이 가능하다고 생각하는 사람은 거의 없습니다. 완벽하게 안전한 나라는 세계 어느 곳에도 없습니다. 안전 제일의 인생을 꿈꾼다면 집 안에 틀어박혀 외출하지 않는 생활이 정답입니다. 나는 재수가 좋으면 무사히 돌아올 수 있을 것이라고 생각하기에 지금도 재미난 삶을 계속하고 있습니다.

나이를 먹는다는 것은 멋진 경험입니다. 위험한 곳에 가더라도 어차피 머지않아 죽게 될 나이이므로 자유롭고 평온합니다. 어린 자녀가 기다리고 있다면 위험은 피하는 편이 좋겠지요. 장년이더라도 부양할 가족이 있다면 위험을 무릅쓰는 모험은 피해야 합니다. 아이들이 아직 대학생이라든가, 대학은 졸업했어도 결혼할 때까지는 도와줘야 한다고 생각한다면 장년도 그리 자유로운 시기는 아닙니다. 하지만 노년이라면 상황이 다릅니다. 모든 족쇄에서 해방된 자유로운 처지입니다. 아껴두었던 모험에 나설 시기입니다. 그런 의미에서 인생의 모험이야말로 청년과 장년이 아닌 노년기만의 특권이라고 생각합니다.

몇 살이 되더라도 말이 통하는 사람들과 식사하고 싶다

지금 내가 가장 좋아하는 취미 생활은 사람들을 초대해 식사를 대접하는 것입니다. 요리하는 것을 좋아하기도 하지만 음식을 통해 사람들과 관계를 맺는 소박한 시간들이 나에겐 무척이나 뜻깊습니다.

그렇지만 쩨쩨한 성격 때문에 진수성찬은 기대하지 않는 것이 좋습니다. 지난번 모임에는 네 마리에 298엔을 주고 산 문어로 담근 젓갈을 내놓았습니다. 맛이 괜찮았는지 "더 없어요?"라고 재촉하는 분도 있었고, 가져가겠다는 분도 있었습니다. 네 마리 중 세 마리의 몸통을 썰어 만든 젓갈이므로 아깝지도 않았습니다.

동창들 모임에는 서로 편하게 먹을 수 있는 음식을 준비합니다. 우리 나이에는 어차피 과식은 금물이기에 그럴듯한 식당에서 대접하기보다는 집에서 밥 한 그릇 함께 먹는 편이 더 즐겁습니다.

내가 대접하는 메뉴는 국에 나물 반찬 몇 가지인데 대체로 만족하는 것 같습니다. 냉장고에 있는 재료를 이용해 먹을 만한 요리를 만드는 것은 간단합니다. 류머티즘 같은 지병 때문에 부엌에서 움직이기가 불편한 분들을 위해 음식을 만들어 대접하면 먹는 사람도 즐겁고 만드는 사람도 기분이 뿌듯해집니다.

나는 앞으로 몇 살이 되든 말이 통하는 사람들과 꾸준히 밥을 먹고 싶습니다. 시간이 지날수록 혼자 사는 친구가 늘어날 테고, 그들과 한 달에 몇 번씩 모이되 비교적 건강한 사람들이 음식을 만드는 것입니다. 볕에 말린 나물이나, 우엉조림 등은 늙은이도 얼마든지 만들 수 있습니다. 혼자서는 만들어 먹기 귀찮아도 먹어줄 누군가 있다면 보람이 있습니다. 차례를 정해놓는 것도 좋고, 개인당 1000엔씩 모아 찬거리를 구입하는 방법도 괜찮습니다. 여럿이서 웃고 떠들며 밥을 먹고, 다 함께 설거지를 하는 것입니다.

남자들 중에도 아내와 사별하고 혼자 오랫동안 사는 사람이 꽤 많습니다. 현역 시절에는 사회적으로 알아주는 지위에 있었더라도 혼자 남게 될지도 모르는 고독을 생각하며 무채를 썰어주거나, 식탁에 젓가락을 놓는 등 식사 준비에 참여하는 습관을 길러보면 어떨까요. 뭐니 뭐니 해도 배우자가 살아 있을 때가 가장 행복할 테니 말입니다.

이성과도 어울린다

이런 일이 있었습니다. 사사가와 료이치(笹川良一) 회장이 일본재단을 이끌던 시절에 게이트볼장을 전국에 100군데 만들겠다고 하는 말을 듣고 나는 "왜 게이트볼장만 만듭니까? 게이트볼을 칠 수 있는 체력이라면 밭을 일궈 채소라도 길러야지요."라고 반박한 기억이 있습니다. 노는 것을 비난하는 건 아닙니다.

그때는 60세에 퇴직하고 생산 활동에서 완전히 벗어나면 실컷 놀아야 한다는 풍조가 있었습니다. 이런 때일수록 사회 풍조와 달리 고령자가 지속적으로 생산 활동에 참여할 수 있는 장소, 또는 시스템을 만들어야 한다는 의미에서 했던 말입니다. 그런데 게이트볼장이 있는 동네마다 의료비와 국민건강보험이 다른 지역에 비해 사용 빈도가 낮았다고 합니다. 나보다 윗세대들은 주로 시골에서 살았고, 입소문이 무서워서 함부로 남녀가 어울리지 못했습니다. 그런 분들이 나이가 들어서 처음으로 햇빛이 쨍쨍하게 내리쬐는 게이트볼장에서 이성과 즐겁게 어울렸던 것입니다. 그 기쁨과 즐거움이 건강에 직결되었다는 말을 듣고 게이트볼장 건설에 찬성했습니다.

남자친구가 많을수록 좋다고 말하는 친구가 한 명 있습니다. 이 친구는 중년에 이혼하고 줄곧 혼자 지냈는데 혼자 지내는 것처럼 즐거운 일은 없다고 자랑할 만큼 성공한 이혼이었습니다.

내가 재혼하라고 농담 비슷하게 말하면 요즘 세상에 누가 재혼 같은 걸 하느냐고 반문합니다. 함께 밥을 먹고, 오페라를 보고, 여행에 동행할 남자친구가 잔뜩 있다는 것입니다. 육체적인 관계를 맺는 것도 아니어서 사귐이 자유롭고 즐겁다고 합니다. 그렇다보니 굳이 한 사람을 정해야 할 필요성을 느끼지 못하는 모양입니다.

사교 댄스도, 요리 교실도 좋지만 일단은 남녀가 함께 어울릴 수 있는 교제인지가 가장 중요합니다. 그것이 노년의 이상적인 교제입니다. 이왕이면 같은 그룹에서 매력적인 남자, 매력적인 여자가 되기를 바랍니다. 앞에서 말한 것처럼 남성은 갤런트리 정신으로 여성을 대합니다. 여성도 스웨터라도 매년 새로 사서 입고 다니며 몸가짐을 깨끗하게 가꿉니다.

이렇게 서로 노력한다면 사귐도 건전하고 함께 어울리는 시간이 즐거울 것입니다. 인생의 마지막 시간들을 좋은 인연을 만드는 데 소비하고, 마음이 맞는 사람들과 공유해나간다면 그야말로 말년의 행복입니다.

그리고 친구가 죽더라도 너무 슬퍼하지 않습니다. 배우자가 먼저 떠나듯 친구가 나보다 먼저 세상을 등질 수도 있다는 것을 생각하며 행복한 날에 마음의 준비를 합니다. 막상 그날이 찾아온다면 내 인생을 보다 즐겁게 만들어줘서 고맙다고 인사하는 것으로 만족합니다.

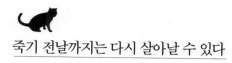

죽기 전날까지는 다시 살아날 수 있다

　노년은 하루하루 약해지고 병들어가는 절대적인 운명을 짊어진 채 살아갑니다. 싸움에서 패배한 신세와 처지가 비슷합니다. 이 세상 모든 사람은 늙음이라는 승산 없는 싸움에서 도망칠 수 없습니다. 신체 기능의 퇴화, 사랑하는 사람들과의 사별, 사회에서 불필요한 존재로 낙인찍힌 것 같은 고독을 견뎌내지 못하고 자살을 선택하는 노인도 적지 않습니다.

　경찰청 발표에 따르면 2009년 한 해에만 자살자가 전국적으로 3만 2845명이었다고 합니다. 그중 60대가 5958명, 70대가 3671명으로 전체의 29.3퍼센트였습니다.

　오래 산다는 것이 행복하지 않은 사람도 있을 겁니다. 그렇다고 자살을 선택해서는 안 됩니다. 오래 살기를 간절히 원해도 뜻하지 않은 죽음을 맞게 되는 자들에게 너무나 미안한 짓입니다. 자살해버린 사랑하는 자의 묘비 앞에 엎드려 있는 사람들은 할 수만 있다면 당신이 포기해버린 생명을 사고 싶다, 라고 바랄 테지만 그것은 절대로 이루어질 리 없는 소망입니다. 고통을 참고 견디는 편이 고통에서 더 빨리 벗어나는 길이라고 말할 정도로 인생은 짧고 기회는 한 번뿐입니다. 그런 것을 생각하면 우리는 주어진 삶을 받아들이며 살아나갈 수밖에 없습니다.

40대 끝자락에 눈에서 이상이 발견되었습니다. 빛이 거의 느껴지지 않았습니다. 눈을 뜨고 있어도 세상은 초콜릿 색깔의 어둠뿐이었습니다. 그 어둠 속에서 미쳐버릴 것만 같았습니다. 중심성망막염이라는, 스트레스가 원인으로 발병한 눈의 질환이 방아쇠가 되어 심각한 백내장이 진행되고 있었던 것입니다.

선천적으로 근시가 심한 터라 안저도 거칠고, 수술을 해도 시력은 보증할 수 없다는 선고를 받았습니다. 검사가 진행되는 동안에도 시력은 계속 나빠졌습니다. 급기야는 읽고 쓰는 것도 포기해야 했습니다. 그동안 해왔던 연재물을 휴재하려고 하루 날을 정해 몇 군데 출판사를 돌며 사과했습니다.

때때로 수술이 실패했을 때 어떻게 할 것인지를 생각해봤습니다. 침구 마사지에 꽤 자신이 있으니 시력 장애인이 되면 이런 직업을 가져볼까 싶기도 했는데 소설에 대한 미련은 떨칠 수가 없었습니다. 눈이 안 보여도 소설을 쓸 수 있다고 말하는 분도 있었지만 나로서는 납득이 안 되는 위로였습니다. 소설은 읽고 퇴고하고 완성하는 과정을 거칩니다. 쓰는 것도 쓰는 것이지만 다시 읽어보지 못하는 상태에서 장편을 쓰기란 현실적으로 불가능합니다.

살아 있는 동안에는 두 번 다시 내 눈으로 빛을 보지 못한다고 생각하면 숨이 막혔습니다. 선천적인 폐소 공포증 때문에 시력을 상실하는 것보다도 어둠에 갇혀 지내야 한다는 것이 더 두려웠습니다. 한 번씩 밀려오는 자살에 대한 충동을 나답지 않다고 웃어넘기려 했으나 말처럼 쉽지 않았습니다.

그런데 기적적으로 수술은 성공했고, 믿을 수 없을 만큼 시력이 좋아졌습니다. 우려했던 초자체(수정체와 망막 사이의 공간을 채우고 있는 무색 투명한 젤리 모양의 조직)의 적출(摘出)도 없었고, 바늘로 콕 찍어놓은 크기의 황반부(黃斑部)라는 시신경이 밀집한 부위가 건강했던 덕분에 내 눈은 정상인과 똑같은 시력을 갖게 되었습니다. 50년 가까이 안경이 없으면 거의 아무것도 보지 못했던 내가, 이제는 온 세상이 투명하게 보이기 시작한 것입니다.

내 마음대로 결론을 내리자면 생은 어디서 어떻게 될지 아무도 모릅니다. 그러니 기다려보는 게 가장 좋은 해결책입니다. 인간은 몇 살이 되어도, 죽기 전날까지도 다시 살아날 수가 있습니다. 최후의 순간에 비로소 그동안 살아온 의미를 가르쳐주는 대답을 만날 수도 있기 때문입니다.

6. 늙음, 질병, 죽음

이기심만 커지고 인내심이 사라지면 완전 노인이 된다

　나이가 들어 습관처럼 몸에 배는 '노인성' 으로 두 가지 기둥이 있습니다. 하나는 이기적으로 행동하는 것, 또 하나는 인내심이 사라지는 것입니다. '나이를 먹었다' 의 특징, 또는 슬픔이라고 해도 좋은데, 사람마다 차이는 있을망정 이 두 가지 노인성은 노년에 접어든 거의 모든 사람에게서 발견됩니다. 노화를 의도적으로 배반하고 조금이라도 자신을 젊게 유지하고 싶다면 이기심을 경계하고 인내력을 길러야 합니다.

　자기 멋대로 말하고 행동하는 노인들이 있습니다. 아내가 이혼하지 않고 살아주는 게 이상하다는 생각이 들 만큼 자기 멋대로 구는 남편을 만난 적이 있습니다. 그 남자는 정년퇴직 후 늘 집에 누워 있으면서 일어나고 싶은 시간에 일어나고 먹고 싶을 때 밥을 먹었습니다. 생선 가시도 아내더러 발라달라

고 합니다. 어린애와 똑같습니다. 게다가 아파도 병원에 입원
하지 않겠다고 생떼를 쓰고, 아내가 외출하는 것도 싫어합니
다. 가족과 주위 사람들을 전혀 생각해주지 않습니다.

　나이가 아무리 젊어도 타인에 대한 배려를 잊고 있다면 노
인입니다. 전철에서 발을 길게 뻗고 앉거나, 그렇게 앉아서
졸고 있는 사람은 육체는 스무 살이더라도 인생은 노년입니
다. 바꿔 말하면 타인을 배려할줄 아는 사람은 일흔 살에도
장년입니다.

　'에도(도쿄의 옛 이름)의 몸짓' 중에는 뒤에 온 사람이 앉
을 수 있도록 허리를 꼿꼿이 세워 주먹만큼 자리를 만들어 조
금씩 당겨주는 일명 '허리 들기'나 길에서 남들과 부딪치지
않도록 어깨를 오므리는 '어깨 오므리기', 비 오는 날 우산에
서 물방울이 떨어지지 않도록 도로 쪽으로 우산을 기울이는
'우산 기울이기' 등이 있습니다. 일상에서 타인에 대한 배려
를 잊지 않으려는 몸가짐이라고 하겠습니다.

　두 번째로 인내력을 길러야 합니다. 나를 예로 들자면 차례
로 다리가 부러졌는데 64세 때 처음으로 오른쪽 발목이 부러
졌습니다. 후생노동성에 근무하는 의사가 내 이야기를 듣고
는 "잘못했다간 큰일 납니다." 하고 깜짝 놀랐습니다. 64세의
고령자가 발이 부러지는 중상을 당할 경우 그중 3분의 1은 회
복되지 못한다고 합니다. 다행스럽게도 나는 그 후로도 9년
가까이 일본재단에서 일할 수가 있었습니다.

　두 번째 부상은 74세 때입니다. 이번에는 왼쪽 발목이 부러
졌습니다. 전보다 더 심한 부상이었지만 입으로는 노상 아프

다고 노래를 부르면서도 마음껏 돌아다녔고, 아프리카와 인도, 캄보디아에 다녀왔습니다.

캄보디아에서는 질퍽거리는 진흙 길에 장화가 계속 벗겨지는 것을 참으며 억지로 걸었습니다. 지뢰밭을 시찰하러 갔는데 지뢰 처리를 맡은 자위대원이 내 걸음이 불편한 것을 보고는 "제 팔을 붙드세요." 하고 친절을 베풀어주었습니다. 길이 험해서 걷기 힘든 곳이 나오면 대원이 내미는 손을 붙잡고, 편한 길이 나오면 혼자 걸었습니다.

이렇게 하면 사고가 날 위험이 없습니다. 남의 도움을 무조건 거부하는 것도 아니고, 무조건 의지하는 것도 아닙니다. 그 상황에 어울리는 가장 인간적인 방법이라고 여겼습니다.

이런 식으로 걷는 데는 별 지장이 없었지만 기모노를 입기가 힘들었습니다. 젊었을 때만 해도 기모노를 싼 값에 제대로 만들어주는 곳이 많아서 충분히 사두었습니다. 철마다 양장을 새로 맞출 필요 없이 죽을 때까지 준비한 옷들을 입어야겠다고 생각한 것입니다.

늘 마사지를 해주는 여성에게 이런 말을 했더니 "발 때문이 아니라 근력이 약해져서 그래요." 하고 가르쳐주었습니다. 근력은 정신력과 연관이 깊다고 생각하는데 근력이 부족해지면 기모노를 입고 옷자락이 흐트러지지 않도록 자세를 바로잡는 것도, 아름답게 인사하는 것도 어렵고 그렇게 하고 싶어지지도 않습니다.

그렇구나, 하고 생각하면서 정형외과 의사에게 물어봤더니 "다리는 다 나았어요." 하고 웃으며 대답합니다. 요컨대

타이어는 고쳤다, 하지만 엔진은 내 소관이 아니다, 라는 뜻입니다. 지당하신 말씀이라고 생각하며 다시금 기모노를 제대로 입기 위해 과격하지 않은 선에서 근력의 질을 향상시키려고 노력 중입니다.

사람마다 늙음의 속도나 질이 다릅니다. 늙어가는 자신을 받아들이는 대신 가벼운 항의도 빼놓지 않습니다. 일상에서 그 같은 반복 훈련이 필요하지 않을까 싶습니다.

75세부터 육체가 쇠약해지는 것을 느끼기 시작한다

후기 고령자 의료 제도는 '75세 가이드라인'을 따르고 있습니다. "왜 75세부터냐"라는 반론도 있지만 올바른 구분이라고 봅니다. 75세 전후를 고비로 아픈 사람이 늘어난다는 것을 몸소 체험했기 때문입니다.

동창회만 가봐도 금방 알 수 있습니다. 75세 이후부터는 네명 중 세 명은 몸 어딘가가 아픕니다. 무릎과 관절이 약해져오래 걷지 못하는 사람, 암 수술을 받은 사람, 뇌일혈로 쓰러져 참석하지 못한 사람, 못 본 사이에 세상을 떠난 사람까지있습니다.

나도 75세를 앞두고 발목이 부러졌습니다. 아직 완전하지않은데 나이 때문에 치료 시기를 놓칠 때가 많은 것 같습니다. 요즘은 100세에도 건강한 사람이 꽤 많지만 일반적으로는 75세부터 육체적 한계에 직면하게 됩니다. 그런 점에서 '75세 가이드라인'은 간만에 후생노동성이 내놓은 히트작이라고 하겠습니다.

앞에서 잠깐 언급했듯이 2055년에는 국민 4명 중 1명이 후기 고령자라고 합니다. 현역 세대 1.3명이 후기 고령자 1명을 부양해야 된다는 뜻입니다. 따라서 지금부터라도 젊은 세대의 부담을 줄여주려는 노년 세대의 의식 전환이 필요합니다. 이 같은 현실에 눈을 감아버리고 "나를 굶어 죽일 작정인가."라고 화를 내는 것은 그만큼 정신의 노화가 심각하게 진행되었다는 증거입니다.

80대인 남편은 노년 세대의 구분이 아직도 부족하다고 말합니다. 원래 장난이 심한 사람이라 이왕이면 '초기 고령자' '중기 고령자' '후기 고령자' '만기 고령자' '종기 고령자' '말기 고령자'라고 실감 나게 구분해야 한다고 주장하며 우리를 웃겼습니다.

후기 고령자 의료 제도의 탄생 배경에는 취미 삼아 병원을 순회하는 고령자들이 있습니다. 몸이 조금만 불편해도 병원에 입원하고, 비싼 약을 처방받아서는 제때 복용하지도 않고 버리는 사람이 부지기수입니다.

'2008년판 고령 사회 백서'에 따르면 건강에 대한 고령자의 인식을 미국·독일·프랑스·한국 등 4개국과 비교해본 결과 "건강하다"라고 답한 비율은 일본이 64.4퍼센트로 가장 높았고, 미국이 61.0퍼센트, 프랑스 53.5퍼센트, 한국 43.2퍼센트, 독일 32.9퍼센트 순이었습니다.

반면에 의료 서비스 이용 상황은 '거의 매일'에서 '한 달에 한 번'의 비율 합계가 일본이 56.8퍼센트로 다른 나라와 비교해서 의료 서비스 이용 빈도가 가장 높은 것으로 나타났습니다.

이런 배경에는 "보험료를 냈으니 본전을 뽑아야 한다." "건강보험은 많이 이용할수록 남는 장사다."라는 의식이 깔려 있습니다. 본전을 뽑는다는 발상은 상거래에서나 통하는 생각입니다. 본전을 생각하지 않고 행동하는 것이 노년에 보여줄 수 있는 인간적인 삶이 아닐까요.

내가 가입한 후기 고령자 의료 보험료는 연간 50만 엔입니다. 다리가 부러지는 바람에 건강 보험을 꽤 이용했지만 그전까지는 보험료만 제때 냈을 뿐 거의 사용하지 않고 넘어가는 해가 많았습니다. 그것은 나의 큰 '자만 거리'이기도 했습니다. 앞으로 죽는 날까지 사고력과 운동 기능을 유지하면서 되도록 건강 보험을 멀리하는 것이 나의 목표입니다.

건강한 사람이 보험을 사용하지 않을수록 아픈 사람에게 더 많은 혜택이 돌아갑니다. 한 가지 바람이 있다면 의사의 손길이 닿지 않은 햇수, 예를 들어 20년 간 건강 보험을 사용하지 않은 사람들에게 '건강상', 또는 훈장을 수여했으면 좋겠습니다. 배지라도 줘서 옷깃에 달고 거리에 나간다면 정말 멋질 것 같습니다.

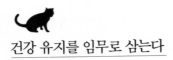

건강 유지를 임무로 삼는다

    건강의 기본은 뭐니 뭐니 해도 식사입니다. 의외라고 생각하는 분도 있을지 모르겠는데 식사만큼은 허술하지 않게 먹으려고 각별히 신경 씁니다. 내가 직접 반찬을 만들고 있는데, 내 솜씨를 아는 지인들은 그다지 환영해주지 않는, 평범함보다도 떨어지는 식사입니다. 무 잎사귀를 볶고 비지를 끓입니다. 겨우 이 정도 수준이기에 대부분 내가 직접 만듭니다. 나 나름의 노인용 건강식입니다. 혼자 먹을 때도 야채를 정성껏 다듬어 반찬을 만들고, 어묵이 있으면 어묵 반찬도 만듭니다. 영양의 균형을 맞추려고 꽤 노력하고 있습니다.

    옛날에는 건강 관리에 도움이 된다는 책도 많이 읽었습니다. 50세 무렵부터 한방과 정체(整體, 마사지 등으로 척추를 바르게 하는 것), 침과 뜸, 지압 등의 책을 초보자용부터 시작해서 전문서까지 탐독했습니다. 그렇게 익힌 지식으로 나를 치료해왔습니다. 침도 내가 직접 놓고, 마사지는 천부적인 재능이 있는 게 아닌가 싶을 만큼 솜씨가 있습니다.

가장 큰 도움은 한방 지식입니다. 무릎 통증을 한방으로 고쳤습니다. 50세부터 무릎이 자주 부어 병원에 갔는데 "연세가 있으시니 어쩔 수 없습니다."라는 말을 들었습니다. 어머니도 같은 증상으로 시달리셨기에 그런가 보다, 했는데 이대로 포기하기에는 억울했습니다.

지중해 연안의 문화와 성 바울을 조사하고 있던 시기라 자주 여행을 다녔습니다. 취사는 항상 내 몫이었습니다. 바닥에 널브러진 여행 가방에서 조리 기구를 꺼내 연어 통조림을 따고 인스턴트 카레를 끓이고 설거지를 하려면 무릎을 자주 꿇어야 합니다. 무릎이 이래서는 내게 주어진 임무를 수행하지 못합니다.

여행을 계속하기 위해서라도 무릎은 반드시 고쳐야 했고, 결국 한방 관련 서적을 읽기 시작했습니다. 저혈압이라 평소 혈행이 나빴는데 시험 삼아 혈류 촉진에 좋다는 한약을 복용해보았습니다. 3개월쯤 지나자 무릎을 굽히고 앉았다 일어나도 별다른 통증을 느낄 수 없었습니다.

나는 원래 저체온입니다. 체온 유지가 건강 유지와 직결된다는 것을 깨닫고 목욕도 자주 하고, 술도 조금씩 마셔봤는데 체온에 변화가 없었습니다. 그런데 몇 년 전 시작한 림프 마사지 덕분에 체온이 35도 5분까지 올라갔습니다.

림프 마사지를 받은 이유는 겨드랑이 밑에 응어리가 생겨

서입니다. 어느 사이엔가 림프가 모이는 곳마다 응어리가 생겼습니다. 내 직업과 나쁜 성격이 원인인 듯싶습니다.

글을 쓸 때는 하루 종일 의자에 앉아 있습니다. 어쩔 수 없이 운동 부족입니다. 더군다나 젊었을 때부터 운동을 했다 하면 몸이 고장 났습니다. 그래서 운동다운 운동을 하지 못하고 바지런히 집안을 움직이는 것으로 건강을 유지하려고 해봤지만 결과적으로 림프가 모이는 수족의 움직임이 줄어들어 문제가 발생한 것입니다.

우리 세대는 노후에 대한 각오가 여전히 부족한 편입니다. 내가 《나는 이렇게 나이 들고 싶다(계로록)》를 쓰기 시작한 것은 37세였습니다. 당시 여성의 평균 수명은 74세였습니다. 37세 생일날에 '반환점에 왔구나'라는 생각에 나의 늙음을 경계하는 글을 쓰기 시작했습니다.

2009년 현재 평균 수명은 남성 79.59세, 여성 86.44세로 늘어났습니다. 2055년에는 남성 83.67세, 여성 90.34세가 된다고 합니다. 만일 평균 수명이 100세에 도달한다면 노화가 시작되기 훨씬 전부터 건강을 유지하는 습관을 실천해야 합니다. 과음과 흡연을 중단하고, 운동을 습관화하고, 집에서 만든 밥을 먹고, 죽는 날까지 자기가 해야 될 일은 어떻게든 해내고 말겠다는 굳은 의지가 필요합니다.

질병도 인생의 일부라고 생각한다

병에 걸리지 않겠다는 목표를 위해 여러 가지 예방 조치를 실천하는 것은 좋습니다. 하지만 질병의 위험에서 완벽하게 벗어날 수는 없습니다. 그래서 목표를 살짝 수정해봤습니다. "몸의 최소 기능과 오감만 정상적으로 작동하면 건강한 것이다." 즉 병도 사람의 일부고, 좋은 일과 나쁜 일이 함께 찾아오는 게 인생이다, 라는 마음가짐을 가져야 된다는 점입니다.

병이 불행의 본질은 아닙니다. 하나의 상태일 뿐입니다. 병에 걸린 사람들은 어떻게 생각할지 모르겠지만 병의 모든 면이 악하지는 않습니다. 병 때문에 인간적으로 성장하고 발전한 사례도 많습니다.

지나친 자신감으로 주위를 압도했던 사람이 병에 걸려 믿기 어려울 만큼 겸손해집니다. 겸손은 건강과 순탄한 환경 속에서는 절대로 몸에 익힐 수 없습니다.

병에 걸려 새 삶을 찾는 사람도 있습니다. 10대에 계단에서 떨어져 하반신 불구가 되면서 휠체어 생활을 시작했고, 자신처럼 휠체어를 필요로 하는 사람들을 위해 휠체어와 관련된 일을 시작하거나, 결핵으로 4년 간 병원에 입원하면서 인생의 의미를 새롭게 깨닫게 되어 신부가 되었다는 분도 있습니다.

나 역시 건강해서 두려울 게 별로 없던 시절보다 몇 번인가의 부상을 통해 자신감을 잃어버린 후에 배운 것이 더 많습니다. 병에 시달리는 시간이 인생을 건강하게 만들어줍니다. 모든 사람이 그런 것은 아니지만 병을 통해 인생을 건강하게 만들 수 있느냐 하는 게 능력이며 재능의 표출이라고 생각합니다.

질병으로 한쪽 귀가 들리지 않거나 시력이 약해지거나, 아예 잃어버리는 사람도 있습니다. 내가 아는 분 중에는 항암제 후유증으로 후각을 상실한 분이 있는데 그래도 요리 솜씨는 떨어지지 않았습니다, 여전히 먹보입니다. 그분처럼 멋지게 살아가는 사람도 세상에는 많습니다.

병자가 되더라도 밝게 행동하자, 기쁨을 발견하자

병자는 노인과 마찬가지로 타인의 도움을 당연시하기 쉽습니다. 병자 대부분이 자기 중심적으로 생각합니다. 몸의 고통으로 불쾌해지고, 왜 다른 사람들은 나의 고통을 이해하지 못하는가, 라는 실망과 원망이 쌓여갑니다. 어쩔 수 없는 노릇입니다.

속으로는 아픈 나를 도와주는 게 당연하다고 생각하더라도 겉으로는 표정에 드러내지 않는 것이 좋습니다. 남보다 오래 살아온 만큼 주위 사람들이 나 때문에 불쾌해지지 않도록 불만이 있어도 억누르고 감추면서 밝게 행동하려는 친절을 베풀 줄 알아야 합니다.

성서에 '기뻐하라!'는 말씀이 있습니다. 이것은 인생에 대한 명령입니다. 성 바울은 '기쁨을 발견하는 것'이 우리가 진정한 행복을 손에 넣을 수 있는 첫 번째 열쇠라고 가르쳤습니다.

예전에 왕후와 이 문제로 대화를 나눈 적이 있는데 왕후께서 그렇게 행동한다는 게 얼마나 어렵겠느냐고 말씀하셨습니다. 이런 위치에서도 그리 생각할 수 있다는 게 의외여서 한편으로 반가웠던 기억이 있습니다.

항상 기뻐하라고 말하기는 쉬워도 기뻐하기는 어렵습니다. 바울은 자신의 의지로 기뻐하라고 말합니다.

지금까지 살아오면서 어떤 이의 도움이 있었는지, 또 어떤 행운이 있었는지 생각해봅니다. 불경기라 다들 힘들겠지만 그래도 포탄이 날아오는 생활은 아닙니다. 테러의 위험도 없습니다. 전기와 수도도 제대로 공급되고 있습니다. 오늘 저녁에 먹을 것이 있습니다. 이 모두가 기쁨의 이유입니다. 이것도 재능이라면 재능이겠지요.

내겐 특별한 재능이 없지만 기쁨을 발견하는 데는 남보다 뛰어나다고 자부합니다. 나의 자신감이 약간 낯간지럽게 들릴지 모르겠는데 예를 들면 이런 식입니다. 발이 아파도 "아, 그래도 걸을 수 있어서 잘됐다."라고 기뻐합니다. 발이 아파도 꽤 먼 곳까지 혼자 걸어갈 수 있어서 기쁩니다. 비행기도, 전철도 탈 수 있고, 고통스러워서 도저히 못 걷겠으면 택시를 부를 수도 있어서 기쁩니다. 그리고 오늘 이만큼 내 힘으로 걸어 다녔다는 게 무척 기쁩니다. 이렇게라도 하지 않으면 나날이 싱거워서 어떻게 지나가는지도 모르겠습니다.

암에 걸렸지만 예전과 똑같은 표정으로 즐겁게 대화를 나누며 기쁜 표정을 보여주는 분이 내 주위에는 아주 많았습니다. 반대로 표정만 봐도 이분은 몸이 많이 안 좋으시구나, 하고 걱정되는 사람도 있습니다. 그때마다 나도 내 표정 때문에 누군가에게 나의 몸 상태에 대해 걱정을 끼치지는 않았을까 반성합니다. 이왕이면 죽을병에 걸려서도 밝게 행동하고 웃고 싶습니다. 마음은 불안으로 가득하더라도 고개를 숙이지 않고 등을 곧게 뻗고 걸어 다니고 싶습니다. 낯선 사람과 만나면 살짝 미소도 보여주고 싶습니다. 제대로 할 수 있을지 자신은 없지만 그것이 내가 소원하는 만년의 미학입니다.

죽음과 친숙해진다

어느 잡지에 에세이를 연재하다가 "늙음, 질병, 죽음은 언제나 불합리한 존재로서 따라다닌다."라고 썼습니다. 그런데 얼마 후 생후 7개월 된 지인의 건강한 딸이 세상을 떠났습니다. 돌연사입니다. 딸의 성장을 지켜보는 게 가장 큰 즐거움이었던 아버지는 어느 날 아침에 더 이상 숨을 쉬지 않는 딸의 얼굴을 보았습니다.

고령자는 죽어도 좋다는 뜻은 아니지만 생후 7개월입니다. 이 슬픈 소식을 듣고 세상이 얼마나 잔혹한지, 인생은 무엇 하나 믿을 게 없다고 새삼 깨달았습니다.

운명은 늘 인간을 조롱합니다. 우리의 예측과 생각은 간단히 배신당하곤 합니다. 말기 암으로 시한부 인생을 선고받은 환자가 회복되어 몇 년씩 건강하게 사는가 하면, 건강했던 사람이 하루아침에 세상을 떠납니다. 우리의 미래는 그 어떤 것도 확실하게 보장받지 못하고 있습니다.

그래도 오직 하나 확실한 것이 있습니다. 모든 사람이 언젠가는 반드시 죽는다는 점입니다. 감동으로 느껴진다는 말이 이상할 수도 있으나 무엇 하나 불확실한 이 세상에서 죽음만은 확실합니다.

지금까지 살아오면서 인간성을 잃어가는 사람을 수없이 목격했습니다. 귀찮아서 말도 하지 않고, 귀가 잘 들리지 않아 외부에 대한 반응이 점점 더 느려집니다. 노화가 진행되는 오랜 시간 동안 인간은 부분적인 죽음을 연속해서 맞이합니다. 우리는 부분적인 죽음들을 인정해야 합니다. 그것이 진짜 죽음을 받아들이는 준비이기 때문입니다.

청력이 약해져 보청기를 사용한다면 조금은 잘 들릴 겁니다. 하지만 걷지 못하게 된다면 어디에도 갈 수 없다는 의미에서 다리가 먼저 세상을 떠난 셈입니다. 동물이었다면 먹이를 구하지 못해 벌써 죽었을 것입니다.

옛날에 어느 물리학자가 실명할지도 모른다는 내 이야기를 듣고는 이렇게 말씀하셨습니다.

"눈이 보이지 않는다는 건 죽어야 될 운명이에요. 눈으로 먹이를 찾지 못하는 동물은 죽는 수밖에 없으니까요…." 나는 이렇게 솔직하고 과학적인 사람을 좋아합니다. 그분의 말을 듣고 정말 그렇긴 그래, 하고 감탄했습니다.

그런데 얼마 후에 그분이 틀니를 사용하고 있다는 말을 듣곤 곧바로 역습을 시도했습니다. "이가 없다는 건 죽어야 될 운명이에요. 이로 먹이를 씹지 못하는 동물은 죽는 수밖에 없으니까요." 결국 우리는 "동물로 태어나지 않아서 다행이다."라는 결론에 동의했습니다. 사람도 동물인 이상 운명을 수용하고 납득하고 웃어버리면 그만입니다.

죽음을 바라지 않더라도 죽음은 찾아옵니다. 바라지 않는 것을 피하겠다고 눈길을 돌려서는 아무런 해결책도 안 됩니다. 죽음은 정해진 미래이므로 죽음을 생각한다는 것은 미래를 지향하는 바람직한 태도입니다.

달리지 못하고, 씹지 못하는 변화를 죽음이라는 운명이 다가오고 있다는 전조로 자각합니다. 그렇게 되기 전부터 그렇게 되었을 때를 생각하는 것, 이것이 인간과 동물의 근본적인 차이입니다. 우리는 인간이므로 일찌감치 늙음과 죽음에 친숙해지는 길을 택하는 편이 좋다고 생각합니다.

가톨릭 학교를 다녔기 때문에 유치원 무렵부터 나의 임종을 대비해 기도하는 버릇이 생겼습니다. '재의 수요일'로 불리는 날에는 신부님이 내 이마에 재를 뿌리면서 인간의 삶은 언젠가는 재가 된다고 말씀하셨습니다. 어린 내가 죽음을 이해하지는 못했을 겁니다. 그래도 삶에는 끝이 있다는 것을 어렴풋이나마 알게 되었습니다.

수녀님들은 "인생은 짧은 여행일 뿐이에요."라고 자주 말씀하셨습니다. 100년을 장수할지라도 지구가 시작된 이래를 생각해보면 그리 대단한 시간이 아닙니다. 내가 이런 교육을 받은 것이야말로 최고의 사치였습니다.

죽음을 인식하는 그 순간부터 죽을 때까지 해야 할 일이 눈에 보입니다. 죽기 전에 팥소가 든 찹쌀떡을 실컷 먹고 싶은 사람도 있을 겁니다. 그것도 나쁘지 않지만 이왕지사 죽을 때까지 하고 싶은 일을 찾아내 그 길을 걸어가는 것이 좋겠지요. 그렇게 걷다가 시간이 종료되면 후회 없이 눈을 감습니다. 인간의 최후란 이런 게 아닐까요. 좋은 일, 재미난 일, 굉장한 일을 하는 사람들 마음속에는 그들만의 죽음에 대한 관념이 뿌리를 내리고 있으리라 생각됩니다.

혼자가 되었을 때를 대비해 연습해둔다

아무리 사이좋은 친구도, 금실 좋은 부부도 죽을 때는 혼자입니다. 일반적으로는 부모가 먼저 세상을 떠나지만 간혹 자식을 먼저 잃는 경우도 있으므로 혼자가 되었을 때를 상상하며 마음의 준비를 해둡니다.

화재 훈련과 비슷합니다. 막상 일이 터졌을 때는 어쩔 줄을 모르고 우왕좌왕하게 될지도 모릅니다. 쓸 일이 없더라도 예행 연습을 해두면 언젠가는 도움을 받습니다. 가끔 "아내가 나보다 먼저 떠난다는 건 생각해보지 않았습니다."라고 말하는 사람이 있는데 이해가 안 됩니다. 나는 아들이 아주 어렸을 때부터 나와 아들, 단둘만 남게 되었을 때는 어떻게 해야 되는지 자주 생각했습니다. 남편의 몸이 약하거나 병에 걸린 것도 아닙니다. 그저 인간의 죽음은 불시에 일어난다는 것을 알고 있었기 때문입니다.

　오래도록 소설을 썼지만 그 시절엔 대형 일간지마다 언론 통제를 받았던 터라 혹시라도 정부에 밉보여서 지면을 구하지 못하는 상황에 놓였을 때 소설 외에 어떤 일을 하면서 어린 아들을 키울 것인지 궁리해보았습니다. 그래서 한 달에 한 번씩 요미우리신문을 사곤 했습니다. 그 당시엔 요미우리신문의 구인 광고가 제일 많았습니다.

　내 마음에 든 일자리는 재래식 화장실에서 분뇨를 회수하는 분뇨차 운전기사였습니다. 냄새도 심하고 더러운 일입니다. 하겠다고 나서는 사람이 많지 않아서 일당도 꽤 높았습니다. 어린 시절 어머니는 "세상에서 더럽다며 남들이 피하는 일이야말로 가장 귀한 일이다."라고 말씀하셨습니다. 돈도 벌고 사회적으로 의미도 있는 일을 한다면 괜찮겠다고 생각했습니다.

　단적인 예로 1960년대 후반에는 산케이신문을 제외한 일간지에서 중국에 대한 기사를 찾아보기 힘들었습니다. 정부가 중국에 관련된 기사를 사전에 검열했기 때문입니다. 잡지사 계통의 주간지는 상대적으로 검열이 약했고, 나는 별다른 제약 없이 내가 쓰고 싶은 글들을 쓸 수 있었습니다. 더불어서 아사히, 마이니치, 요미우리 등 일간지들이 사상 통제에 대항하기 시작하면서 글을 쓸 수 있는 기회는 더욱 늘어났습니다. 또 남편이 먼저 떠나는 일도 없었습니다. 아들도 이제는 50대 장년입니다.

　나는 성격적으로 걱정이 많은 편입니다. 나쁜 일은 되도록 떠올리지 않는다는 사람도 있고, 나처럼 걱정과 함께 사는 사람도 있습니다. 저마다의 특징이므로 누가 옳고 그르다고는 말할 수 없습니다. 타고난 성품대로 사는 것입니다.

누구나 자신이 얻은 것을 잃고 싶어 하지 않습니다. 그 두려움을 이겨내는 방법은 이를 대비하고 미리미리 준비하는 길밖에 없습니다.

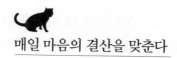

매일 마음의 결산을 맞춘다

자신의 최후도 생각해둬야 합니다. 자녀를 의지하려고 해서는 안 됩니다. 자녀가 먼저 죽을 수도 있기 때문입니다. "어떻게든 노력해서 혼자 살겠습니다."라고 말하기는 쉬워도 그렇게 사는 사람은 많지 않습니다. 나는 그런 처지가 되면 돈과 상의해서 시설에 들어갈 작정입니다.

아는 분이 장기 요양 병동을 이용하고 있습니다. 의식은 거의 없습니다. 며느리가 시중을 들고 있는데 입원비를 물었더니 매월 10만 5000엔에서 11만 엔 사이이며, "시어머니의 연금에서 입원비가 빠져나가요."라고 가르쳐주었습니다. 기저귀 값과 며느리가 병원에 오가는 차비도 연금으로 해결한다고 합니다.

연금이 나올 데가 없는 사람은 거리에서 방황할 각오를 다집니다. 지금은 경제적으로 불안하지 않더라도 앞으로도 그러리라는 보장은 없습니다. 당장 내일 신변에 어떤 일이 일어날지 아무도 모릅니다. 오늘은 걷고, 이야기하고, 밥을 먹었지만 내일은 말도 못하고, 눈도 안 보일지 모릅니다. 내일에 대한 보장은 어디에도 없다고 각오합니다. 이것이 노년의 몸가짐입니다.

항상 과거에 있었던 좋은 일, 즐거웠던 일을 기억하면서 떠올립니다. 이만큼 재미나게 살았으니 언제, 어떻게 죽어도 괜찮다고 자신을 설득시킵니다. 기도가 서툰 사람이라면 "오늘까지 살게 해주셔서 감사합니다."라고 하느님에게 감사인사를 전합니다.

그렇게 매일 마음의 결산을 끝마치면 언제 어떤 변화가 찾아오더라도 받아들일 수 있을 것만 같습니다.

흔적도 없는 사라짐이 아름답다

《나는 이렇게 나이들고 싶다(계로록)》를 쓴 30대 후반부터 조금씩 주변을 정리해둬야겠다고 생각했습니다. 옷도 있는 것만 입고, 그릇도 늘리지 않겠다고 다짐했지만 여행길에서 마음에 드는 것이 보이면 나도 모르게 욕심이 생겨 사버립니다. 지금도 그렇습니다.

70세부터 다시 마음을 다잡고 번뇌를 줄이기 위해서라도 주변을 정리하고 물건도 함부로 구입해서는 안 된다고 스스로를 채찍질하고 있습니다.

얼마 전부터 사진을 정리하고 있습니다. 나중에 가족들을 귀찮게 하고 싶지 않아서입니다. 이미 상당한 양을 태웠지만 내 사진은 50장 정도 남겨둘 생각입니다. 언뜻 시시해 보여도 고령자에게는 매우 중요한 신변 정리입니다.

우리 부부는 지금까지 써온 육필 원고를 모두 태웠습니다. 문학관과 흉상 등에 집착하는 분이 간혹 있는데 그런 분을 볼 때마다 왜 저렇게 세상 사람들 기억 속에 남아 있고 싶어 하는지 이해가 안 됩니다. 살아서 무리해도 죽은 후에는 잊히기 마련입니다. 나만 해도 구비(句碑, 하이쿠를 새긴 비석)·가비(歌碑, 와카를 새긴 비석)·문학비가 시야를 가려 경치가 잘 안 보인다고 투덜거립니다. 문학관은 머잖아 틀림없이 적자 때문에 골칫거리가 되고, 그 지역 사람들에게 불편을 안길 위험이 큽니다. 남편도 나도 그런 것에는 흥미가 없습니다.

내가 죽은 후에는 무엇 하나 바라는 게 없습니다. 좋게 기억되고 싶다는 욕심도 없습니다. 육체의 사라짐과 더불어 나의 존재 전부가 사라졌으면 좋겠습니다. 깨끗하게, 흔적도 남기지 않고 사라지는 것이 이 세상에 대한 죽은 자의 예의라고 믿습니다.

그런 점에서 우리 어머니는 아름다운 모습으로 세상을 떠나셨습니다. 꽤 오랫동안 몸이 불편하셨는데 외출이 어렵다는 것을 깨닫곤 돌아가시기 몇 년 전에 옷과 반지를 원하는 사람들에게 모두 나눠주셨습니다.

어머니가 남긴 유품은 짚신 두 켤레와 옷 두 벌이 고작입니다. 옷 두 벌은 내가 오키나와에서 사온 전통 명주로 "이건 나중에 내가 입을 거니까 누구 주지 말아요."라면서 어머니에게 선물한 것이었습니다.

83세에 돌아가실 때까지 어머니는 다다미 여섯 장에 반 칸짜리 반침, 조그마한 주방, 화장실이 붙어 있는 별채에 장롱 하나만 두고 생활하셨습니다. 유품 정리에 반나절도 걸리지 않았습니다. 우연인지 어머니가 돌아가실 때쯤에는 어머니 명의로 된 저금도 바닥이 났습니다.

약간의 재산이라도 남겼다간 재산 처리 때문에 유족이 힘겨워질 수 있습니다. 아무것도 남기지 않는 것이 자식을 위한 마지막 베풂입니다.

유산 문제로 싸우는 것보다 비참한 광경은 없습니다. 유산이 적다고, 많다고 해서 옥신각신하는 세상 이야기를 듣고 있으면 유언장이 의무처럼 느껴집니다. 자녀가 많은 집에서는 부모가 남긴 오시마쓰무기(大島紬, 아마미오 섬의 전통 공예품으로 고급 견직물) 한 장 때문에 다툼이 벌어지기도 한다는 말을 들었습니다. 그런 위험을 방지하기 위해서라도 이건 큰딸, 이건 둘째딸, 하고 생전에 유품을 나눠주거나, 버리거나, 혹은 팔아서 상속인 수에 맞게 현금을 나누는 등 화근의 싹을 잘라버려야 합니다.

7. 신

저세상이 있는지는 모르겠지만
모르겠다면 '있다'에 건다

가톨릭 신자이면서도 저세상이 있는지는 잘 모르겠습니다. 어느 날 아침에는 있는 것 같고, 어느 날 저녁에는 없는 것 같습니다. 증명이 불가능하니 누구 말이 옳다고 단정 지을 수도 없습니다.

잘 모를 때는 무조건 '있다'에 겁니다.

평소 무신론자임을 자처했던 사람이 아이가 사고를 당하거나 아내가 병에 걸렸다는 것을 알게 되자마자 신불에 엎드려 기도하는 모습은 아무리 좋게 보려고 해도 기분이 언짢습니다. 자녀가 취직하려는 회사 사장이 오래도록 연락을 끊었던 지인임을 알고는 위스키를 들고 찾아가는 것과 비슷합니다. 상대가 반가워할 리 없습니다. 나중에 무슨 일이라도 부탁할 가능성이 있다면 평소에 "우리 가족이 늘 신세를 졌습니다." 하고 인사를 빼놓지 말거나, 연말에 작은 선물이라도 보내는 것이 도리입니다. 내가 종교와 사귀는 방식이기도 합니다.

말은 이렇게 했지만 미사도 툭하면 빼먹고, '경건한' 이라는 형용사만 들리면 불끈해지는 엉터리 기독교인입니다. 내 친구 중에는 무신론자도 많습니다. "저세상 같은 게 어딨어요."라고 내 앞에서 거리낌 없이 말해도 나는 그들을 좋아합니다. 하지만 속으로는 죽으면 끝이라고 생각하면서도 용케 착하게 사는구나, 하고 신기하게 여깁니다.

검사총장까지 지냈던 이토 시게키(伊藤榮樹)라는 분이 《사람은 죽으면 티끌이 된다》라는 책을 쓰셨는데 그런 식으로 말하는 사람이 많습니다. 가족이 이런 말을 듣는다면 가슴이 아플 것입니다. 육체는 사라져도 인간의 마음은 티끌이 될 수 없을 테니까요.

가끔씩 죽은 사람의 시선이 될 때가 있습니다. 시선이라고밖에 표현할 길이 없는 그 눈빛에서 남은 가족들은 행복하게 살아줬으면 좋겠다는 떠난 자의 소망을 느껴봅니다. 죽은 자에겐 가족들이 지금처럼 건강하게 살아주는 것이 가장 큰 기쁨이겠지요.

내 친구들은 배우자를 먼저 떠나보낸 후에도 즐겁게 살아갑니다. 고인에 대한 사랑도 큰 힘이 되어줬다고 생각합니다. 먼저 떠난 가족은 여전히 건강하게 살아가는 '나'를 보고 싶어 할 것입니다. 그와 사별한 후에도 행복하게 살지 못한다면 그 사람은 저세상에서 더욱 슬퍼할 것입니다. 그 같은 고인에 대한 사랑에서 남은 가족들은 더 열심히 살아갑니다.

만일 내가 먼저 죽게 되더라도 나 또한 그처럼 바랄 것입니다. 반대로 나 혼자 남겨지더라도 떠난 자의 바람처럼 나답게 살아갈 것입니다. 아무리 고통스럽더라도 포기하지 않을 것입니다.

죽은 자와 남겨진 자를 위해 종교적인 행사는 필요하다고 생각합니다. 무신론자가 많다고는 해도 크리스마스가 되면 교회마다 사람으로 북적이고, 유명 신사와 절은 평일에도 참배하러 오는 노인이 많습니다. 그들 모두가 진정한 의미에서 신앙인은 아니겠지요.

그러나 멍하니 시간을 보내기 일쑤인 노인에게 예배나, 스님의 말씀을 들으려고 외출하는 것은 건강에도 보탬이 되는 좋은 기회일 것입니다.

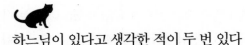

하느님이 있다고 생각한 적이 두 번 있다

하느님이 있구나, 라고 생각한 적이 두 번 있습니다.

한 번은 아프리카의 마다가스카르에서 카지노에 갔을 때입니다. 1983년에 《시간이 정지된 갓난아기》라는 신문 연재소설 취재차 안티라베라는 곳에서 수도회가 운영하고 있는 아베마리아 산부인과에 3주간 체재했습니다. 귀국을 앞두고 수도인 안타나나리보의 호텔에 머물렀는데 그 마지막 저녁, 마다가스카르에 주재하는 상사원의 유혹에 넘어가 호텔 최상층에 있는 카지노에 놀러 갔습니다.

나는 도박을 좋아하지 않습니다. 하지만 소설의 주인공을 보다 현실적으로 되살리려면 카지노에 대한 배경 지식이 필요할지도 모른다고 생각했습니다. 그때 엘리베이터에서 그에게 이런 말을 했습니다.

"대박이 나온다면 가난한 수녀들에게 몽땅 줄 거예요."

판돈의 상한액이 정해져 있는 초라한 카지노에서 소심한 나는 100달러를 내고 칩을 구입했습니다. 룰렛은 한 대밖에 없었는데 앉을 자리도 없고 기분도 썩 내키지 않았습니다. 그래도 동행자에게 칩을 걸라고 재촉했습니다.

빨리 끝내고 돌아가서 자야겠다고 생각한 것입니다. 베팅하기 전에 룰렛을 쳐다보자 반짝거리는 숫자가 있었습니다. 그렇게 반짝거리는 숫자에 두 번 베팅했고 모두 당첨됐습니다. 그곳에서 '경건한 기독교인'과는 거리가 멀었던 내가 하느님은 카지노에도 계시는구나, 하고 고개를 끄덕거린 것입니다. 초라한 카지노여서 두 번의 당첨금이 4만 엔에 불과했지만 하느님과의 약속대로 아베마리아 산부인과에 기부했습니다. 결과적으로는 그때의 기부가 해외일본인선교사 활동원 조후원회(JOMAS)의 시초가 되었습니다.

또 한 번 하느님의 존재를 확인한 것은 JOMAS에 어떤 여성이 돈을 기부했을 때입니다. 그녀의 직업은 간호사로 평생을 독신으로 지냈습니다. 그녀의 유언장에는 우리 모임에 유산을 양도하겠다는 내용이 있었습니다. 우리는 기부금 수령은 절대로 개인이 혼자 집행하지 않는다는 규정을 만들어놓았습니다. 그녀의 기부금을 수령하기 위해서는 운영위원회에 그녀의 법률 대리인 3명이 참석해야 했습니다.

마음 같아서는 하루라도 빨리 운영위원회를 열고 싶었지만 마침 여름 방학이 시작되어 회원들이 여간해서는 모이기 힘들었습니다. 그럭저럭 위원회가 모인 것은 9월 중순이었습니다. 법률 대리인 3명도 빠짐없이 참석했습니다. 이 자리에서 처음으로 우리에게 기부한 유산이 450만 엔짜리 정기 예금임을 알았습니다. 더욱 놀란 것은 정기 예금 만기일이 바로 전날이었다는 것입니다. 등줄기에 차가운 기운이 스쳐가는 듯했습니다. 그 자리에 하느님이 우리와 함께 계신 것 같은 느낌이 들었습니다.

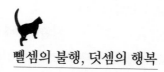

뺄셈의 불행, 덧셈의 행복

어렸을 때부터 기독교 신앙을 가르침 받았는데 가장 중요한 가르침은 잃은 것을 헤아리지 말고 지금 갖고 있는 것을 소중히 여기라는 말이었습니다. 내가 지금 갖고 있는 보잘것없는 가치들을 평가한다는 것은 그 자체로 평범하고 일상적인 행위겠지만 엄연한 삶의 예술이라고 생각합니다. 이것이 내가 생각하는 덧셈의 원리입니다. 낮은 곳에서 출발하면 한 발을 내디더도 처음보다는 높으므로 행복해집니다. 덧셈의 행복입니다.

태어났을 때 우리 모두는 제로 상태입니다. 그때를 생각한다면 하찮은 것들도 감사합니다. 아, 이런 것도 해주었구나, 저런 것도 해주었네, 라는 덧셈의 행복에 불만은 자취를 감춥니다.

가진 게 당연하고, 받아도 당연하다는 생각 때문에 보이는 대로 갖지 못함에 마이너스 사고가 작용하여 불만이 늘어납니다. 이것이 뺄셈의 불행입니다.

오늘날 우리 사회는 모든 의식 전환이 '뺄셈의 불행'으로 치닫고 있는 것 같습니다. 풍부한 것이, 안전한 것이 당연합니다. 기준은 언제나 백점 만점부터입니다. 바라는 게 늘어날수록 불행의 가짓수도 함께 늘어납니다.

노인의 삶에는 크게 두 가지 생활 방식이 있습니다. 갖지 못한 것, 잃은 것만을 헤아리며 낙담하는 사람과 받은 것을 소중히 여기는 사람입니다. 여러 가지를 잃을 수밖에 없는 만년이야말로 그동안 살아오면서 받은 것들을 기억하고, 그때의 행복에 감사하는 마음을 추억하여 스스로를 위로하는 지혜가 필수입니다.

아프리카를 이해하게 되면서 인간의 일생에 주어진 것들에 감사하는 법을 알게 되었습니다.

일생 동안 비와 이슬을 피할 수 있는 집에 살고, 매일 끼니를 해결했다면 그의 인생은 기본적으로 '성공'입니다. 만일 그 집에 욕조와 화장실이 있고, 건강을 위협하는 더위와 추위를 지켜줄 장치를 갖추고, 매일 산뜻한 이불에 누워 잠을 청하고, 누더기가 아닌 정상적인 옷을 입고, 입에 맞는 음식을 먹고, 전쟁을 겪지 않고, 병들었을 때 병원에 갈 수 있다면 그의 인생은 지구적인 관점에서 '상당한 행운'을 누린 것입니다.

만일 자기가 좋아하는 공부를 하고, 사회에 편입되어 직업을 갖고, 사랑을 하고, 인생에서 몇 가지를 임의로 선택할 수 있고, 가끔은 여행을 떠나고, 좋아하는 책을 읽고, 취미도 허용되고, 가족과 친구들로부터 신뢰와 존경, 호의를 받는다면 그의 인생은 두말할 필요도 없이 '대성공'이라고 말할 수 있습니다.

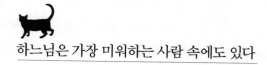

하느님은 가장 미워하는 사람 속에도 있다

하느님은 천국에 있다, 혹은 우리 곁에 있다, 라고 상반되는 주장이 제기되고 있지만 성서에는 "분명히 말한다. 너희가 여기 있는 형제 중에 가장 보잘것없는 사람 하나에게 해준 것이 바로 나에게 해준 것이다!" (마태 25장 40절)라고 쓰여 있습니다. 이 말씀대로라면 하느님은 지금 당신이 상대하고 있는 그 사람 안에 있다는 뜻입니다.

그 의미를 깨닫고 나는 적잖이 곤란해졌습니다. 왜냐하면 남에게 짓궂은 짓을 하는 건 하느님에게도 짓궂게 구는 것과 마찬가지이기 때문입니다. 누군가에게 싸움을 걸면 이는 곧 하느님에게 싸움을 거는 것이 됩니다. 내가 오쿠보 키요시(大久保淸)라는 연쇄 살인범을 모델로 《천상의 푸른 빛》이라는 신문 연재 소설을 쓴 것은 '모든 사람 안에 하느님이 있다' 라는 말씀이 증명될 수 있는지 시험해보고 싶었기 때문입니다. 지금도 기억나는 것은 어느 노인에게서 받은 편지입니다. 그분은 소설가라는 인간이 이렇게 부도덕한 줄거리를 썼다는 게 괘씸하다, 라고 역정을 내셨습니다.

하지만 상대방 안에 신이 있다는 믿음 때문에 수녀들은 그가 거짓말쟁이든, 교활하든 상관하지 않고 난처해하는 모든 사람을 도와줍니다.

경험을 통해 가난한 사람들의 마음이 항상 아름다운 것은 아니라는 현실을 알게 되었습니다. 빈곤 때문에 인간다운 마음을 잃어버릴 때도 참 많습니다. 그러나 상대방의 태도를 보고 베푸는 친절은 진정한 친절이 아닙니다. 마음이 들지 않는 상대일수록 포용해주는 것이 자원 봉사자의 기본 정신입니다.

성서에 기록된 사랑은 다양합니다. 부모 자식 간의 애정, 성적인 관심, 우애, 그리고 "원수를 사랑하라"(루카 복음 6장 27~36절)는 고통에 가득 찬 '아가페'가 있습니다. 아가페는 상종도 하기 싫은 인간을 위해 마음으로부터 사랑하는 사람 앞에서 행동할 때와 똑같은 사랑을 보여주는 것입니다. 이것은 노력이며, 마음이 아닌 이성(理性)으로 베푸는 사랑입니다.

아가페적 사랑의 가장 비통한 모습은 적십자 정신에 입각해 상처받은 적을 쏴죽이지 않고 구원하는 것입니다. 적은 세상에서 가장 얄밉고 죽이고 싶은 대상입니다. 하지만 그 마음을 표출해서는 안 됩니다. 성서는 이 같은 이성적인 사랑이 진짜 사랑이라고 말합니다.

　예를 들어보겠습니다. 아무리 노력해도 시어머니와 마음이 맞지 않는다면 무리해서 좋아하려고 노력할 필요는 없습니다. 아니, 미워해도 괜찮습니다. 대신 친정어머니에게 하는 만큼만 그녀를 위해 행동하는 것입니다. 그 정도는 자기 의지로 생각할 수 있어야 합니다. 며느리가 얄미워 죽겠다면 실컷 미워합니다. 대신 딸에게 해주는 만큼 그녀에게도 해줍니다.

　말처럼 쉽다고는 생각하지 않습니다. 몇 번이고 좌절을 겪으면서 몇 년씩 걸리는 여정입니다. 건물을 축조하듯 같은 작업이 수없이 반복될 것입니다. 하지만 그 결과는 우리의 인생에서 가장 정의로울 것이라고 믿어 의심치 않습니다. 나는 애주가가 아니어서 잘 모르겠지만 진정한 사랑은 좋은 술처럼 향기가 날 것이라고 생각합니다.

신앙은 일방적인 가치 판단에서 지켜준다

신이 없다고 믿는 사람이 많은데 신이 없어도 사는 데 특별한 지장이 없다면 그렇게 믿어도 괜찮다고 봅니다. 하지만 나 같은 사람은 신이라는 개념의 부재가 곧 인간이라는 신분에서 일탈했다는 의미로 들리기에 신이 필요합니다.

신앙을 갖게 되면 일방적인 가치 판단에서 자유로워집니다. 세상에는 신도, 사회도 좋다고 말하는 가치가 있습니다. 또 사회에서는 칭찬받을 일이지만 신은 "그래서는 안 된다."라고 부정하는 일도 있습니다. 사회는 좋지 않다고, 악이라고 규탄하는 일이 신의 입장에서는 '정의'인 경우도 있습니다. 물론 신과 사회 모두가 악으로 규정하는 행위도 있습니다. 신의 존재가 사물을 바라보는 우리의 시선을 좀 더 멀리, 그리고 넓게 확장해주는 것입니다.

우리는 자주 오해를 받습니다. 그런데 같은 행동을 놓고도 사람들의 평가와 나의 평가가 다릅니다. 여기에서 생채기가 만들어지지만 신의 존재를 믿는다면 사람들의 오해에도 상처받지 않습니다. 신은 내가 왜 그런 행동을 했는지, 나의 행동에 어떤 의미가 있는지 알고 있기 때문입니다. 그래서 사람들의 평가가 두렵지 않습니다. 두려운 것은 나의 진심과 나의 진심을 알고 계시는 '그분' 뿐입니다.

나 외에는 나의 진심과 사정을 알 수 있는 사람은 없습니다. 그런 사람들의 판단이 진실일 리 없습니다. 나의 판단이라고 해서 항상 올바르다고도 말하기 힘듭니다. 몸이 아파서 A병원과 B병원 중 한 곳을 가야겠는데 어디가 더 좋은지는 잘 모릅니다. 나중에 나의 선택이 틀렸음을 깨닫게 되더라도 신앙을 가진 자는 선택에서 빚어진 실수와 어리석음을 자책하지 않고 넘어갈 수 있습니다. 나에 대해서도, 타인에 대해서도 너그러워지기에 마음이 한결 편안해집니다.

나는 '평범' 이라는 말을 좋아합니다. 어떻게 보면 우리 모두는 '평범한' 사람들입니다. 그 테두리 안에서 우리의 마음은 가장 편안합니다. 보통이라는 테두리에서 벗어나는 사람들은 천성이 대단한 사람들이므로 그들을 제외한 우리 모두는 '평범' 합니다. 하지만 이 '평범함' 에는 끝을 알 수 없는 거대한 포용력이 있습니다. 그것이 우리가 가진 진짜 힘이라고 생각합니다.

신의 관점에서 찾아냈을 때
인간 세계의 전체 모습이 이해된다

　종교 단체를 선택할 때 교단의 지도자가 신, 또는 부처의 환생이라고 자랑하지 않고, 돈의 씀씀이가 검소하고, 신앙이라는 명목으로 헌금을 요구하지 않고, 교단 조직을 정치나 다른 권력에 이용하지 않는다면 그리 염려하지 않아도 됩니다.

　모든 사람이 신앙을 가져야 한다고는 말하지 않겠습니다. 하지만 인간의 시점만으로 인간의 세계가 모두 보인다는 것은 논리적으로 맞지 않습니다. 지형의 전체 모습을 파악해야 할 때 보다 높은 곳으로 올라가듯 신의 시점을 찾아냈을 때 비로소 우리는 인간 세계의 전체 모습을 이해하게 됩니다.

　40대에 뒤늦게 성서 공부를 시작했습니다. 성서를 공부하면서 도수가 맞는 안경을 쓰게 된 것처럼 인생의 구석구석이 보였습니다. 성서는 정답의 반대도 정답이 될 수 있다고 가르칩니다. 그 말씀을 읽고 모든 일에 의미가 있음을 깨달았습니다. 그때부터 나의 정신은 진정한 자유를 만끽하게 되었습니다.

젊은 날에는 심리적으로 복잡한 노년이 이해되지 않습니다. 그러나 나이가 들면서, 몸이 부자유스러워지면서, 아름다운 용모가 추해지면서, 사회적인 지위를 상실하면서 우리는 노년을 이해하게 되고, 그 와중에 또 한 번의 성장을 거듭합니다.

소년기, 청년기에는 몸이 발육하고, 장년과 노년에는 정신이 발육합니다. 특히 완성기인 노년의 비중은 인생의 그 어떤 시기보다 무겁습니다.

고독과 절망은 인생의 마지막이 되어서야 맛볼 수 있는 경지라고 생각될 때가 있습니다. 이 두 가지를 체험하지 못한 사람은 인간으로서 완성되기 어렵습니다. 고독과 절망은 노인에게 "마지막으로 한 단계 더 훌륭한 사람이 되는 거예요."라는 신의 속삭임이 아닐까요.

신은 우리와 함께

살아가는 동안 혼자 울고, 혼자 괴로워한다고 생각하지만 그렇지 않습니다. 아데마르 데 파로스라는 브라질 시인의 '신은 우리와 함께' (일명 바닷가의 발자취)라는 멋진 시가 있습니다.

이 시가 자기 일처럼 다가오는 인생을 살아온 사람이 내 주위에는 많습니다. 그들의 인생을 곁에서 지켜볼 수 있어 정말 다행이라고 생각합니다.

꿈을 꾸었다. 크리스마스 저녁에
바닷가를 걸었다. 주님과 나란히
모래 위에 두 사람의 발이 두 사람의 발자취를 남기고 사라졌다

나의 발자취와 주님의 발자취

문득 이런 생각이 들었다. 꿈속에서 생각한 것이다
이 한 발, 한 발이 내 인생의 하루하루를 보여주고 있구나

그 자리에 서서 뒤를 돌아본다
발자취는 아주 먼 곳까지 이어진다
그리고 깨달았다
듬성듬성 두 사람의 발자취가 아닌
한 사람의 발자취밖에 없음을

나의 생애가 주마등처럼 지나간다
이 얼마나 놀라운 일일까. 한 사람의 발자취밖에 없던 것은
내 생애 가장 어두웠던 날들과 일치한다

고민하던 날
악함을 구하던 날
이기주의로 물든 날
시련의 날
견딜 수 없던 날
해낼 수 없던 날

주님에게 몸을 돌려
감히 불만을 말했다

"당신은 매일 우리와 함께 있겠다고 약속하셨습니다
왜 그 약속을 지키지 않았습니까
왜 인생의 위기에서 나를 혼자 내버려두셨습니까
당신의 존재가 가장 필요했던 그때에."

주님이 말씀하셨다

"친구여, 모래 위에 한 사람의 발자취밖에 보이지 않던 날
그날은 내가 너를 등에 업고 걸었던 날이다."